Jana Förster

LET'S TALK ABOUT SEX

Der Sex-Ratgeber für Frauen, die schon immer die geheimen Gedanken der Männer erfahren wollten

SCHWARZKOPF & SCHWARZKOPF

INHALT

Mysterium Mann

Vorwort

Wissen Frauen eigentlich, was Männer denken? Ich meine, was sie *wirklich* denken? Nicht, was Frauen gern wollen, dass Männer es denken.

Wie sieht es mit den Gedanken aus, die Männer höchstens untereinander teilen, wenn überhaupt? Gedanken und Wünsche, die Frauen vielleicht nie erwarten würden – wäre es nicht mal an der Zeit, diese auszupacken?

Ich fürchte, wir Frauen rasen durch die männliche Gedankenwelt so selbstsicher wie im Maserati. Und ist das gut so? Ja. Denn so bleibt es spannend zwischen den Geschlechtern. Jeder braucht seine Geheimnisse. Aber: Ein paar davon dürfen doch verraten werden, oder?

Als ich mit meinem Verleger zusammen beschlossen hatte, dieses Buch zu machen, führte mich mein erster Weg zu den Frauen. Ich wollte wissen, welche Fragen sie schon immer mal den Männer stellen wollten, es sich aber vielleicht nicht getraut haben. Oder es sich eben nie ergeben hat. Oder – wie ich öfter hören sollte – sie sich nach der männlichen Antwort kein bisschen schlauer fühlten. Die Antworten wären oft einsilbig gewesen und mit wenig Inhalt gefüllt. Manche Frauen berichteten mir auch, dass sie das Gefühl hatten, dass die Männer sich bei intimen Themen unwohl fühlten. Zudem waren sie sich nicht sicher, ob Männer überhaupt die Karten auf den Tisch legen wollten. Dann haben sie es lieber gleich ganz sein lassen.

Also machte ich mich auf den Weg in die große, weite, aufregende, verrückte und interessante Männerwelt. Gerade in den ersten Wochen merkte ich, dass dieses Buch längst überfällig ist und wie unausgesprochen manche Themen noch immer sind. Im Jahre 2014! Schluss damit.

Ich gebe zu, ich bin weder Sexualtherapeutin, Sexualwissenschaftlerin noch Beziehungscoach. Ich habe auch nichts in dieser Richtung studiert oder sonstige Qualifikationen auf wissenschaftlicher Ebene. Ich bin nur eine Frau, die sich schon seit vielen Jahren mit den Themen Lust, Sex, Geschlechter und Liebe beschäftigt. Ob in meinen vielen Büchern in den letzten Jahren oder in meiner Zeit als Stripperin, in der ich sehr viel über Männer – und auch Frauen – gelernt habe. Ich finde, dass es an der Zeit ist, einmal ganz direkt und tabulos diejenigen Männer zu fragen, die aus der Praxis kommen, die den Sex eben selbst haben. Ganz ohne Therapieansatz und Traumabewältigungsziel.

Die Fragen der Frauen – darunter auch unzählige von mir – hatten es allesamt echt in sich. In den ersten Minuten des Interviews haben mich die Männer meistens angeschaut, als würde ich ihnen eine spontane Vaterschaft offenbaren.

Trotzdem ist es mir in den Monaten der Recherche geglückt, viele interessante Männer zu finden, die mir offen, ehrlich und authentisch Rede und Antwort gestanden haben. Ich muss gestehen, dass ich mit vielen Antworten nicht gerechnet hatte. Denn: Dieses Buch enthüllt so einige Männergeheimnisse. Und einzig dafür habe ich es machen wollen.

Viel Spaß beim Stöbern und Entdecken.

Ihre Jana Förster

KAPITEL 1

DER FLIRT

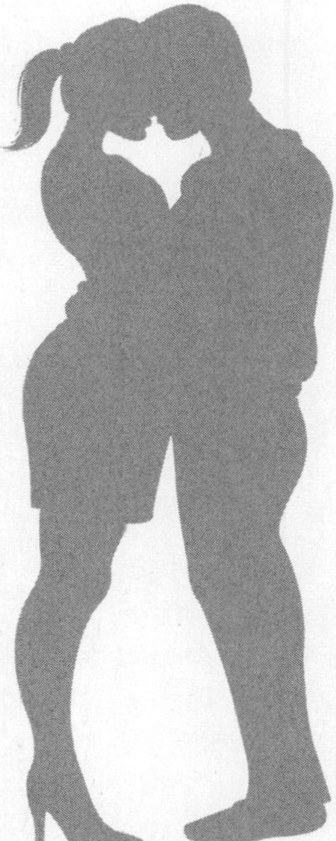

Wann ist eine Frau eine Schlampe?

Wackelnde Wände, jeden Tag? Und jedes Mal ist das Schlafzimmer von dem Gestöhne eines anderen Mannes geschwängert? Ständig neue Affären, One-Night-Stands und Abenteuer?

In diesem Szenario leben wohl die wenigsten Frauen. Und wenn, dann ist es bei einigen maximal eine Phase.

Wenn ich in den Jahren meiner Recherche Männer gefragt habe, was sie von sexuell überdurchschnittlich aktiven Frauen mit wechselnden Partnern halten, kam meistens ein Stirnrunzeln, gefolgt von: »Fürs Bett ist sie bestimmt gut, aber als Freundin möchte ich so eine nicht haben«. Doch was genau bereitet den Männern bei diesem Gedanken Unbehagen?

Olli, 25:

»Sex muss etwas ganz Besonderes sein und Liebe gehört für mich immer dazu!«

Michael, 38:

»Sex muss vor allem Spaß machen. Aber: Respekt vor den Gefühlen des Gegenübers ist selbstredend!«

Wir treffen uns in meinem Stammlokal in Berlin-Mitte, es ist der erste frühlingshafte Tag des Jahres.

Michael sitzt lässig in seinem 50er-Jahre-Look links von mir und Olli, eher sportiv gekleidet, rechts. Ich fühle mich wohl. Es gibt wahrlich Schlimmeres, als zwischen zwei attraktiven Männern zu sitzen und über Sex zu reden. Ich sehe die beiden abwechselnd an und stelle grinsend meine erste Frage:

Ab welcher Anzahl Sexualpartner ist eine Frau für euch eine »Schlampe«?

Olli: Wenn eine Frau heute den einen Mann hat und morgen mit einem anderen im Bett liegt, empfinde ich das schon als schlampig. Einfach nur wegen sexuellen Verlangens, ohne Gefühle und ohne Bedeutung mit vielen Männern zu schlafen, ist für mich charakterschwach.

Meinst du nicht, dass viele Frauen und auch Männer mal so eine Phase im Leben haben?

Olli: Ja, das denke ich schon.

Dann ist also jeder im Leben mal eine Zeit lang schlampig?

Olli: Ja, die, die diese Phase haben. Die Männer genauso wie die Frauen.

Also machst du da zwischen den Geschlechtern keinen Unterschied?

Olli *(überlegt)*: Hm … Man kann ja bei Männern irgendwie auch nicht »Schlamperich« sagen.

Michael *(lacht)*: Schlampus!

Können Männer denn überhaupt eine männliche Schlampe sein, oder gilt das irgendwie doch nur für Frauen?

Olli: Ich würde sagen, dass Männer in diesem Punkt eher als »Machos« bezeichnet werden.

Das klingt aber weniger negativ als Schlampe.

Olli: Für mich sind Macho und Schlampe auf ein und derselben Stufe.

Michael: Ich finde, dass das etwas zu allgemein gesagt ist. Für mich persönlich ist die Definition etwas anders. Eine Schlampe, ob weiblich oder männlich, hat nicht unbedingt etwas mit der Anzahl der Sexpartner zu tun. Sondern vielmehr mit der Frage, mit welchem Hintergrund man das macht. Will jemand damit nur sein Ego füttern und nimmt keine Rücksicht dabei, ist das für mich definitiv eine Schlampe. Leute, die sich ohne Skrupel in eine bestehende Beziehung einmischen zum Beispiel.

Also jemand, der Intrigen spinnt?

Michael: Genau. Es gibt ja auch Leute, die oft Sex haben müssen, nicht nur, weil sie Spaß daran haben, sondern vor allem, um ihr eigenes Ego zu steigern. Und dabei auch in Kauf nehmen, dass eventuell Gefühle von einer möglichen dritten Person verletzt werden. Aber jemand, der Single ist und einfach nur Spaß am Sex hat, mit wie vielen Menschen auch immer, ist für mich nicht schlampig.

Also ist eine Frau, die sich einfach nur austoben will und dabei keine anderen Menschen verletzt, keine Schlampe?

Michael: Genau. Ich finde, dass in unserer schnelllebigen Zeit Sex nahezu der letzte Bereich ist, in dem man sich richtig fallen lassen kann. Und daran ist rein gar nichts Verwerfliches.

Olli: Da ist was dran. Menschen, die sich ohne Gewissen durch die Welt vögeln, sind echt bemitleidenswert.

Michael: Ich denke auch, dass Männer das Wort »Schlampe« gern benutzen, wenn sie selbst ein verletztes Ego haben.

Weil?

Michael: … viele Männer nicht damit klarkommen, eine Frau nicht für sich allein zu haben und sie nicht zu besitzen.

Du meinst, wenn eine Frau auch noch Interesse an anderen Männern hat?

Michael: Ja, Männer fühlen sich dann schnell »entmannt« und denken insgeheim, dass sie ihr nicht ausreichen. Wo wir wieder beim Ego wären.

Interessant. Also schließe ich jetzt daraus, dass eine Singlefrau, die meinetwegen 20 Singlemänner im Monat abschleppt, keine klassische Schlampe ist?

Michael: Genau. Solange keine Gefühle verletzt werden, was natürlich auch bei Singles passieren kann, und man nichts Falsches vorgaukelt, nicht. Nö. Zumindest für mich nicht unbedingt.

Und was denkst du darüber, Olli?

Olli: Also ich finde schon, dass jemand, der 20 Sexualpartner im Monat hat, echt über die Stränge schlägt. Da sollte man sich doch langsam Gedanken machen, ob da noch alles okay mit einem ist.

Michael: War ja auch ein wirklich extremes Beispiel.

Olli *(lacht)*: Also hochgerechnet auf ein halbes Jahr … Übel!

Solche Zeiten sind ja auch eher Phasen. Aber ich denke schon, dass Frauen grundsätzlich Angst haben, einem neuen festen Partner zu erzählen, wie viele Sexpartner sie bis dato schon hatten. Schlagwort: billig. Die Frage ist, ob diese Ängste berechtigt sind oder nicht.

Michael: Ich denke, die sind auf jeden Fall berechtigt. Nicht bei mir, aber allgemein in unserer Gesellschaft schon.

Beispiel: Wenn du bei einer Frau nach näherem Kennenlernen – für eine feste Partnerschaft vielleicht sogar – feststellst, dass ihre Strichliste schon weit mehr als 60 Striche aufweist, wäre das ein Problem?

Olli: Ja, ich denke schon. Es wäre vor allem sehr schwer, ihr zu vertrauen.

Also wäre verstärkt die Angst der Untreue da?

Olli: Ja. Die Angst, dass sie wieder Abwechslung braucht, wäre ja auch nicht gerade unberechtigt, oder?

Michael: Ja, stimmt.

Wertet es eine Frau ab, wenn sie sehr viel Erfahrung mit verschiedenen Männern mitbringt?

Michael: Nein, abwerten nicht. Aber es macht vorsichtiger, und es verführt einen selbst vielleicht dazu, das Ganze vielleicht nicht so ernst anzugehen. Aber ich würde trotzdem niemanden für seine Vergangenheit verurteilen. Ich meine, wir sind ja alle nicht aus dem Kloster und haben ja auch ein bewegtes Leben hinter uns. Und manchmal trifft man ja den Menschen, bei dem alles zusammenpasst, nicht schon mit 18 oder 20 Jahren.

Ich habe da eine persönliche Theorie: Ich denke, dass Männer vor erfahrenen Frauen Angst haben. Sie haben Angst, dass sie denkt oder sogar sagt, dass sie dies oder jenes schon besser erlebt hat. Anders als bei einer Frau, die noch nicht so viel Erfahrung hat und damit wahrscheinlich eh alles toll findet. Kann das vielleicht nur eine Selbstbewusstseinsfrage sein?

Olli: Da kann was dran sein.

Michael: Ja, denke ich auch.

Olli: Ich kenne mittlerweile die andere Seite. Ich lege jetzt auf eine feste Beziehung größten Wert und würde mich außerhalb sowieso enthalten. Und in einer Partnerschaft sollte man sich viel Zeit lassen, bis man miteinander schläft. Die Einstellung, Erfahrungen lieber innerhalb einer Beziehung oder Ehe zu sammeln, sollte ganz oben stehen.

Wollt ihr überhaupt wissen, wie viele Sexualpartner eure neue Freundin vorher schon hatte?

Michael: Ich muss ganz ehrlich sagen, dass ich so eine Frage gar nicht stellen würde. Mich interessiert es einfach nicht.

Olli: Die Anzahl wäre nicht so wichtig, weil der gemeinsame Weg ab heute zählt. Aber Ehrlichkeit in diesem Punkt ist sehr wichtig. Vertrauen ist das A und O und die wichtigste Basis.

Wenn wir schon mal dabei sind … Mit wie vielen Frauen hattet ihr bereits Sex? (Die Dame am Nachbartisch bekommt plötzlich große

Ohren. Der Mann neben ihr wird rot. Schwelgt er gerade selbst in Erinnerungen und zählt nach?)
Michael *(lacht)*: Oh Gott …

Schätzungen reichen.
Olli: 13.

Und mit wie vielen Frauen warst du davon zusammen?
Olli *(überlegt):* Mit fünf.

Und der Rest? One-Night-Stands, Affären?
Olli: Sexbeziehungen trifft es besser.

Und du, Michael? Bekommst du es noch zusammen?
Michael *(grübelt und lacht)*: Nee … Diese Überlegung finde ich gerade spannend … Vielleicht waren es um die 30.

Ach, das geht ja noch.
Michael: Na so schlimm war es ja nun auch nicht. Treue war mir in früheren Beziehungen immer sehr wichtig. Und auch bei spontanen Sachen müssen bestimmte Kriterien einfach stimmen. Eine Wellenlänge muss da sein, ohne wird es ein Fiasko. Über solche Fehltritte hast du ja schon zuhauf in deinen Büchern geschrieben.

Also dieses Klischee: Hauptsache willig und dann schnell rübergerutscht, wäre nichts für dich?
Michael: Nein, würde bei mir überhaupt nicht funktionieren.

Und welche Kriterien müssen sonst noch da sein?
Michael: Eine gewisse Spannung muss zu spüren sein. Und die Optik ist natürlich auch nicht zu unterschätzen. Ach, und noch etwas ist unheimlich wichtig: Bahnt sich da etwas an und die Frau kann nicht küssen, wird sich da nie etwas abspielen. Kommt da keine

Sinnlichkeit rüber, wird da nichts Gutes draus. Da kann niemals Leidenschaft entstehen. *(Olli nickt heftig zustimmend.)*

Michael: Weil den Rest, den kann ich auch alleine. *(Wir müssen alle lachen. Der Nachbartisch auch.)*

Also gibt es auch eine Art Testkuss vorher? Ich dachte immer, dass nur wir Frauen den machen.

Michael: Absolut!

Und bei dir, Olli, welche Voraussetzungen müssen stimmen, damit eine Frau in dein Bett darf?

Olli: Wir müssten uns schon lange kennen. Ich müsste mich auf jeden Fall schon verliebt haben, und sie müsste mich in absolute Begeisterung versetzen. Sonst könnte ich mich nicht fallen lassen.

Aber die Meinung hat sich erst entwickelt? Weil: In die Frauen, mit denen du nur eine Sexbeziehung hattest, warst du doch nicht alle verliebt, oder?

Olli: Also Gefühle waren schon irgendwie jedes Mal mit im Spiel. Aber trotzdem reicht es ja nicht immer für eine Beziehung, manchmal auch nur nicht wegen der äußeren Umstände.

*

Mein Fazit: Das Wort »Schlampe« ist von Männern oft ganz anders gemeint, als wir Frauen es auffassen. Gut, ein Kompliment ist keine der Auslegungen, aber mit dem Wissen, dass vielleicht auch einfach nur eine gute Portion verletzter Stolz mitspielt, können wir Frauen es schon viel eher verdauen. Ich bin trotzdem der Meinung, dass ein vergleichbar negatives Wort auch noch für einen Mann gefunden werden muss. Denn »Macho« klingt für mich nach braun gebranntem Gigolo, der von seinen Kumpels noch gebauchpinselt wird, wenn er drei Frauen – unwissend voneinander – als Gespielin »hält«.

Das Geheimnis der weiblichen Attraktivität

»Ich kann heute nicht mit dir laufen gehen. Ich habe doch heute ein Date und muss mich noch fertig machen.« – »Ist das Date nicht erst in vier Stunden?« – »Eben! Schon in vier Stunden!«

Dieses Gespräch habe ich vor einigen Tagen mit einer lieben Freundin geführt. Sie hat geschlagene vier Stunden gebraucht, um sich zu schminken und sich die Haare zu machen. Und das ist kein Einzelfall. Es ist die Regel! Jedenfalls für viele Singlefrauen. Aber da frage nicht nur ich mich, wie Männer das finden. Mögen sie Frauen wirklich, wenn sie sich erst aus dem Haus trauen, nachdem sie sich mit Make-up und Haarspray restauriert haben? Ich rede hier nicht von einem dezenten Make-up, welches wirklich jede Frau tragen darf und auch sollte.

Schon seit Jahren lässt mich das Gefühl nicht los, dass Männer ganz andere Dinge an Frauen toll finden, als sie es denken. Deswegen habe ich zwei völlig unterschiedliche und interessante Meinungen von Männern eingeholt, um dieser Frage endlich mal auf den Grund zu gehen.

Stefan, 37:
»Eine Frau muss mir geistig gewachsen sein.«

Was findest du besonders weiblich an einer Frau?

Stefan: Besonders weiblich … das ist mal 'ne gute Frage! Wenn ich auf einen Typ Frau festgelegt wäre, könnte ich die sogar beantworten! Weiblich ist es, in meinen Augen, wenn eine Frau sich traut, einfach Frau zu sein! Wenn sie zu sich steht, so, wie sie ist, und ihre Gefühle und Bedürfnisse zeigen kann. Sexy ist also erst mal das Sein und nicht der optische Eindruck.

Also die Ausstrahlung und ein positives Selbstwertgefühl? Der erste Eindruck?

Stefan: Wenn Ausstrahlung und das Wesen authentisch sind. DAS ist Rock 'n' Roll und damit sexy!

Also wenn eine Frau authentisch ist, ja? Und wenn sie sich verstellt, leidet die Ausstrahlung darunter?

Stefan: Ja! Zumindest bei mir, da ich recht empathisch bin und Verstellungen schnell bemerke … Das turnt ab! Klar, ist ein wohlgeformter Hintern, große Augen, ein süßes Gesicht und ein schöner Busen ebenfalls sehr reizvoll!

Also doch auch eine gewisse Optik?

Stefan: Optik ist der erste Schlüsselreiz. Ohne passende Optik kommt es ja eher selten zum näheren Beschnuppern. Aber bei mir hat Optik eine breite Spannweite.

Du hast ja keinen bestimmten Geschmack, hast du gesagt. Vereint trotzdem alle Frauen etwas, die du bisher in deinem Leben hattest?

Stefan: Lach jetzt nicht, es ist kein Weichkeksgelaber … Die meisten hatten mir geistig was entgegenzusetzen! Niveau, Humor, Diskussionsbereitschaft, das finde ich sexy.

Also schaust du gern zumindest auf Augenhöhe?

Stefan: Ja!

Humor ist extrem wichtig. Aber haben viele Frauen deinen Humor geteilt?

Stefan *(lacht laut)*: Nö! Für einige, wie auch für meine jetzige Ehefrau, war erst mal »Humor ist, wenn man trotzdem lacht!« angesagt! Aber dafür hatten sie ihren eigenen Humor und man hat sich ergänzt und damit bereichert.

Menschen sind ja lernfähig.
Stefan: Nicht alle!

Nicht alle sind lernfähig?
Stefan: Lernfähig wohl schon. Aber nicht alle sind lernwillig. Nennen wir es lieber so.

Du diskutierst also gern? Über allgemeine Dinge oder über die Beziehungsthemen?
Stefan: Ja, ich diskutiere gerne! Über Beziehungsthemen, Sex, Religion, Politik, Musik, Toleranz und Intoleranz.

… wo wir wieder beim Thema »Augenhöhe« wären. Ist es denn sexy, wenn eine Frau ihre feste Meinung hat und sich gern zu bestimmten Themen mit dir »reibt«?
Stefan: Ja!! Das macht eine Frau nämlich für mich auch längerfristig interessant! Reibung erzeugt ja Hitze …

Absolut! Also findest du eine »Ja und Amen«-Frau, wie ich sie gern nenne, umspannend und damit langweilig?
Stefan: Die finde ich nicht nur unspannend, die finde ich am liebsten GAR NICHT!

Gibt es noch andere Dinge, die absolut unsexy für dich sind?
Stefan: Kettenrauchen. Intoleranz. Und von der Optik her: Ich will hier ja niemandem direkt auf die Füße treten, aber ab einem gewissen Body-Mass-Index, da wird es für meinen persönlichen Geschmack auch grenzwertig.

Übergewicht ist für dich also immer unsexy?

Stefan: Zu viel Übergewicht, ja. Für mich schon. Wobei auch kräftigere Menschen sehr, sehr sexy sein können! So richtig unsexy finde ich auch, ungepflegt zu sein. Also mit der Dusche per Sie sein, das Shampoo nur von früher kennen und die Zehen nur an Weihnachten mal begrüßen.

Du weißt wohl, wovon du sprichst?

Stefan: Wenn beim Öffnen der Schamlippen das Geräusch eines Klettverschlusses entsteht … Nein, den Göttern gedankt noch keine Erfahrung! Aber man muss nicht alles erlebt haben, nur um zu wissen, dass man es nicht will.

Das Schlimme ist, ich habe leider eine äußerst starke bildliche Vorstellungskraft. Aber so was gibt es bei Männern auch …

Stefan: Ja, und vermutlich mehr als bei Frauen!

Meinst du wirklich?

Stefan: Ja. Frauen haben – man verzeihe mir mein Machotum – im Menschenreich von Natur aus eher die Herausputz-Veranlagung. Männer boten damals Schutz und Nahrung und mussten deswegen nicht nach Chanel duften.

Wie empfindest du denn die aktuelle Entwicklung vieler Männer, sich die Augenbrauen zu zupfen, die Beine und Arme zu rasieren usw. Diesen metrosexuellen Trend?

Stefan: Wem's gefällt. Ich empfinde es als gut und normal, wenn Mann sich auch angemessen pflegt. Aber sagen wir es so, meins ist das nicht unbedingt. Ich rasiere mich, wasche mich mehrmals am Tag, verwende auch mal ein Aftershave und den Deostick sowieso. Aber alles andere ist mir einfach zu unnatürlich.

Würdest du dich unmännlich fühlen, wenn dich deine Frau bitten würde, dir die Beine zu rasieren?

Stefan: Ich würde mich erst mal verarscht fühlen und die versteckte Kamera suchen!! Und: Unmännlich? Eher verdammt unwohl. Ich bin in meiner Rolle als Mann verankert und fühle mich darin wohl und sicher, sodass ein Unmännlichkeitsgefühl dabei wohl nicht aufkäme!

Richard, 49:

*»Frauen sind immer schön.
Auch – oder vor allem – ungeschminkt.«*

Frauen stehen oft stundenlang im Bad, striegeln, spachteln und kritzeln an sich herum. Wie findest du das?

Richard: Ja, unglaublich – und danach sehen sie genauso aus wie vorher! Und zwar genau so schön! Manchmal sehen sie hinterher sogar schlimmer aus.

Ab wann geht »die Kunst« zu weit?

Richard: Sehr schnell, jedenfalls bei mir. Ein Bisschen ist okay, aber wenn es zur Maske wird, beginnt es mich zu nerven.

Wenn du an die Frauen in deinem Leben zurückdenkst, in die du dich verliebt hast, hatten sie optisch irgendetwas gemeinsam?

Richard: Nichts! Absolut gar nichts! Es gab große und kleine Frauen, sie hatten große und kleine Brüste, Pos, Lippen, Schamlippen, Ohren und Kitzler. Lange und kurze Haare, schwarze, braune, rote und blonde, und alle denkbaren Augenfarben. Wenn ich mich verliebt habe, dann immer in den Menschen, nicht in seine Geschlechtsorgane oder in die Haarfarbe.

Gibt es – sexuell gesehen – einen Unterschied zwischen sehr schlanken und eher weiblicheren Frauen? Gibt es Unterschiede in der Sinnlichkeit bzw. Leidenschaft?
Richard: Nein, das würde ich für einen urbanen Mythos halten.

*

Mein Fazit: Wir machen uns ständig Gedanken darüber, wie Männer uns haben wollen, wann wir schön für sie sind, wie wir gerade aussehen. Dabei sind Männer gar nicht so oberflächlich, wie wir es manchmal denken. Humor, Natürlichkeit und Gepflegtheit wiegen für viele Männer schwerer als eine Falte oder ein Röllchen. Ich glaube, dass viele Frauen sich so nehmen sollten, wie ihr Partner es auch tut. Wie heißt es so schön: Geschmäcker sind verschieden. Und für jeden Topf gibt es irgendwo einen passenden Deckel, auch ohne sich zu verbiegen.

Brüste oder Hintern?

»Boah, auf dem Arsch kann man ja fast ein Bierglas abstellen!« Oder: »Die Titten fallen fast aus dem Shirt!« – Ich habe mich schon immer gefragt, ob das jetzt gut oder eher schlecht ist, wenn ein Mann so etwas sagt.

Glaubt man der allgemeinen Meinung, dann gucken Männer besonders gern auf große Brüste. Aber warum ist das so? Meistens fangen sie damit ja doch nichts an (so ist jedenfalls meine Erfahrung). Und was finden Männer an einem Frauenhintern so anziehend? Oder besser noch: Wie dramatisch finden sie es, wenn sie dann doch Orangenhaut entdecken? Oder gar Falten? Speckröllchen? Vielleicht machen wir Frauen – ich übrigens auch – uns viel zu viele Gedanken über unsere Optik und verlieren das Wesentliche aus den Augen? Vielleicht sind Männer mit ein paar Brüsten schon glücklich, und sie könnte kein anderer Makel mehr von ihrer Lust ablenken?

Oder ist das Brüste-Hintern-Ding nur ein weit verbreitetes Klischee? Gucken Männer vielleicht auf ganz andere Stellen unseres Körpers?

Oskar, 38:

»Es geht doch im Bett um Spaß und nicht um Problemzonen.«

Wenn du eine Frau attraktiv findest, worauf achtest du – ihr Äußeres betreffend – besonders?

Oskar: Also, als ich jung war, war ich schon hin und weg, wenn ich große Brüste gesehen habe oder einen Knackarsch. Inzwischen reagiere ich auf das »Gesamtpaket«. Das kann man nicht an Brüsten oder Haaren festmachen. Sie muss etwas Interessantes haben.

Und wenn es nur um sexuelle Reize geht?

Oskar: Dann interessieren mich fast nur Äußerlichkeiten. Sie darf nur nicht doof sein.

Würdest du abbrechen, wenn du merkst, dass sie blöd ist?

Oskar: Das muss schon irgendwie harmonieren. Ansonsten verzichte ich lieber. Dabei kann nichts Gutes rauskommen.

Und was findest du wichtiger? Brüste oder Hintern?

Oskar: Hintern, ganz klar!

Weil?

Oskar: … ein schlaffer Hintern nicht von großen Brüsten wettgemacht werden kann. Aber dazu hat wahrscheinlich jeder Mann 'ne andere Einstellung.

Fällt einem Mann Orangenhaut auf? Und wenn ja, ist das schlimm?

Oskar: Schon. Aber ganz ehrlich, das ist etwas ganz Normales … Ich habe damit keinerlei Probleme.

Hast du trotzdem schon mal das Gefühl gehabt, dass sich deswegen eine Frau gehemmt gefühlt hat?

Oskar: Oh ja. Viele Frauen machen sich darüber viel zu viele Gedanken, anstatt ihre Lust einfach auszuleben. Das ist es, was Männer anmacht.

Also wünschen sich Männer, dass sich Frauen beim Sex weniger auf ihre Defizite konzentrieren?

Oskar: Genau! Es geht ja beim Sex auch nicht um Problemzonen, sondern um gemeinsamen Spaß.

Genau. Falten? Siehst du das ähnlich entspannt?

Oskar: Ja! Das Einzige, worauf ich wirklich achte und auch sensibel reagiere, ist Körperpflege.

Was finden Männer eigentlich so toll an Brüsten? Warum kann eine Frau damit so leicht die Aufmerksamkeit der Männer bekommen?

Oskar: Das hat wahrscheinlich was mit der Kindheit zu tun. Vom Babyalter an ist der Mann auf Brüste fixiert.

Und wie sieht es mit dem Gewicht einer Frau aus? Würde es dich sehr stören, wenn eine Frau beispielsweise in der Partnerschaft etwas zulegt?

Oskar: Solange die Proportionen stimmen, kann es auch etwas mehr sein. Etwas zulegen geht, aber ich finde es besser, wenn man Disziplin hat.

Proportionen sind also entscheidender als ein bestimmtes Gewicht?

Oskar: Ja!

Ich meine, viele Frauen denken jeden Tag – ich behaupte mal stundenlang – über ihr Gewicht nach. Und mit einem Mann im Bett achten sie ständig drauf, dass kein Röllchen oder Fältchen zu sehen ist.

Oskar: Die eine ist halt zierlich, die andere kräftiger. Solange sie dann einen strammen Hintern und große Brüste hat, ist doch alles wunderbar …

(Ich muss lachen.) Schön oberflächlich. Und alle Klischees bedient.

Oskar: Mal Spaß beiseite: Also ich glaube, dieses Verkrampfen der Frauen versteht kein Mann. Wenn man nicht zufrieden ist, muss man eben was ändern. Oder sich einfach so hinnehmen, wie man ist.

Gab es denn schon mal eine Situation, in der du gern geflüchtet wärst, als du sie nackt gesehen hast?

Oskar: Nein, wirklich nicht. Ich finde es nur langweilig, wenn sie da liegt wie ein Sack Kartoffeln und sich nicht rührt.

Schon passiert, ja?
Oskar: Oft, ja. Vor Enttäuschungen im Bett ist niemand gefeit.

Die lehren einen die guten Nächte zu schätzen.
Oskar: So sieht's aus.

Simon, 29:
»Kleine Brüste sind sehr erotisch.«

Brüste oder Hintern? Was zieht dich mehr an?
Simon: Brüste. Ganz klar.

Warum?
Simon: Sie sind der Inbegriff von Weiblichkeit. Ich mag sie einfach. Schon immer. Am liebsten mag ich sie klein und fest.

Und große Brüste?
Simon: Die machen mir irgendwie Angst. Außerdem finde ich sie selten hübsch.

Ja? Warum?
Simon: Seien wir mal ehrlich, die Erdanziehung wirkt nicht nur auf unseren Unterkörper … Nur operierte Brüste stehen wie eine Eins. Und die mag ich nicht so gern. Die sehen aus, als ob man der Form nach mit zwei Schneebällen auf die Frau gezielt hätte. Natürlich gibt es Ausnahmen, aber meistens gefallen mir kleine Brüste einfach besser.

Und ein Po macht dich nicht an?

Simon: Doch, schon. Da ist es genau andersrum. Viele mögen kleine Hintern, bei mir darf es ruhig größer und runder sein. Das finde ich sehr sexy. Aber leider gibt es das hier nicht so oft.

Du meinst in Deutschland?

Simon: Ganz genau. Ich war mal für vier Wochen in Südamerika. Das sind Hintern, Mannomann … Nur wegen der Popos würde ich fast auswandern.

Da habe ich gleich Bilder vom Karneval in Rio im Kopf.

Simon: Genau. Ich denke aber, dass europäische Frauen einfach nicht so dafür gemacht sind. In Südamerika passt einfach alles zusammen, denn die Frauen sind allgemein mit viel mehr Kurven und Rundungen ausgestattet. Da ist alles eben ein bisschen mehr. Und es steht ihnen aber auch sehr gut.

Stehst du denn allgemein auf südländische Frauen?

Simon: Sonst eher nicht. Ich mag kein ausgeprägtes Temperament. Und das bekommt man bei diesen Frauen ja gratis obendrauf. Alles in allem mag ich zierliche Frauen. Und dann verzichte ich auch gern auf einen prallen Po.

Gibt es noch andere Bereiche, die dich körperlich bei einer Frau anziehen?

Simon: Ja. Ich mag den Übergang vom Hals zum Schlüsselbein. Diesen Bereich finde ich sehr sexy. Die typische Vampierbiss-Zone, sage ich immer. Viele Frauen mögen es, dort geküsst zu werden. So ergänzt man sich gut.

Und was turnt dich an einer Frau total ab? Also rein körperlich?

Simon: Künstlichkeit. Nichts ist schlimmer als zu viel Fake in Form von Make-up, Wonderbra und Kunsthaar. Ich glaube, da spreche ich für viele Männer.

Was findest du so schlimm daran?

Simon: Frauen machen sich damit zu etwas, was sie eigentlich nicht sind. Wenn ein Mann sie so nicht mag, wie sie eigentlich aussieht, dann ist es doch eh unecht. Und dann wundern sich die Frauen, dass sie oberflächlich behandelt werden. Dabei strahlen sie mit so viel Künstlichkeit genau das aus.

Wo fängt Künstlichkeit für dich an?

Simon: Gegen Wimperntusche oder verlängerte Fingernägel sagt ja keiner was. Aber manche Frauen verändern ihr Gesicht mit Make-up so stark, dass man sie am nächsten Morgen kaum wiedererkennt. Oder man landet mit einer im Bett, da fallen im Eifer des Gefechts erst mal die halben Haare ab, dann bekommt das Kopfkissen vom Make-up ein neues Muster, und zu guter Letzt verwandeln sich die Brüste von einem D-Cup im Shirt ohne BH auf eine Eiergröße M. Das muss doch nicht sein. Wir täuschen den Frauen ja auch kein Sixpack vor, indem wir eine Schablone unterm Shirt tragen.

So habe ich das noch gar nicht gesehen …

Simon: Eben. Das muss man den Frauen mal sagen. Sie würden sich mit einer Sixpack-Vortäuschung auch verarscht vorkommen. Aber wie gesagt, ich rede nicht von leichtem Make-up oder hübschen Fingernägeln. Ich meine alles, was eine Frau zu sehr verändert.

Verstanden. Sonst würde dich an einer Frau nichts abturnen?

Simon: Sonst fällt mir gerade nichts ein, nein.

*

Mein Fazit: Ob eine Frau große Brüste und einen kleinen Po hat, spielt eigentlich gar keine Rolle. Einzig das Selbstbewusstsein, mit dem wir es tragen, macht die Anziehung auf Männer aus. Oder wer möchte schon gern ein Sack Kartoffeln sein?

Von B auf DD: Wie viel OP ist okay?

Fettabsaugungen, Brustvergrößerungen und Nasenkorrekturen, das sind nur einige Beispiele in der florierenden plastischen Chirurgie. Mittlerweile ist es kein Tabu mehr, wenn eine Frau offen zu ihren Operationen steht.

Ich bin übrigens auch schon auf den OP-Tisch gesprungen und habe die Erfahrung gemacht, dass es keiner mehr verurteilt. Aber was denken die Männer eigentlich wirklich darüber? Ist es überhaupt nötig, sich immer perfekter machen zu wollen? Welche Operationen können Männer gut nachvollziehen, und wo hört der Spaß auf?

Geht der Trend – wenn es nach der männlichen Meinung ginge – wieder mehr hin zur Natürlichkeit? Oder sind Schönheitsoperationen in der Zukunft sogar noch mehr erwünscht?

Olaf, 55:

»Nobody is perfect.«

Wie stehst du zum Thema Schönheitsoperationen allgemein?

Olaf: Grundsätzlich halte ich nichts davon. Es sei denn, es ist aus gesundheitlichen Gründen nötig.

Also findest du es unnötig, wenn eine Frau ihre Brüste vergrößern lässt etwa?

Olaf: Das kommt hier auf die Gründe der Frau an. Hat eine Frau zum Beispiel die BH-Größe 60 A, kann ich es nachvollziehen.

Weil?

Olaf: … sie vielleicht psychische Probleme damit hat. Bei Körbchengröße 80 B muss es nicht mehr sein. Große Brüste machen keine »Traumfrau« aus.

Was meinst du, warum einige Frauen sich über die Größe ihrer Brüste definieren? Oder über eine Kleidergröße?

Olaf: Bei vielen Frauen, die so reagieren, mangelt es bestimmt am nötigen Selbstvertrauen.

Meinst du, dass eine Operation das ändern kann?

Olaf: Eine OP nicht unbedingt. Eine Therapie schon eher oder der richtige Mann.

Ein Mann? Wie meinst du das genau?

Olaf: Ein entsprechender Freund bzw. Partner, der sie unterstützt und ihr auch Mut macht. Und keiner, der ihr zu einer Brust-OP nach der anderen rät. Solche Männer sind wirklich richtig unverantwortlich und lieben ihre Partnerin nicht. Sondern sie wollen eigentlich, dass ihre Partnerin nach ihren Vorstellungen aussieht und vorzeigbar ist. Das kann ich nicht nachvollziehen. Und es ist nicht mehr die Frau, die Mann kennen- und lieben gelernt hat.

Hattest du schon mal eine Frau, die operiert war?

Olaf: Ich weiß von keiner. Wäre aber kein Grund für mich, zu einer Frau Nein zu sagen, wenn sie eine OP hinter sich hätte.

Und wenn es eine Frau wäre, die schon viele OPs hatte und noch mehr plant?

Olaf: Kennenlernen geht immer. Erst dann kann ich mir eine Meinung über ihre Persönlichkeit und über ihre genauen Gründe bilden.

Fällt dir eine Operation ein, die du völlig überflüssig findest?
Olaf: Zum Beispiel eine Nasen-OP. Völlig unsinnig.

Ja?
Olaf: Schau dir Mike Krüger an. Der hat bestimmt keine schöne Nase. Wenn die Menschen den Namen Mike Krüger hören, denken die meisten an seine Nase. Und ihm geht es nicht so schlecht damit. Oder Thomas Gottschalk. Dem hat seine Nase auch nicht wirklich geschadet.

Das sind aber alles Männer. Stehen sie vielleicht mehr zu ihren »Makeln«? Haben sie also mehr Selbstbewusstsein und wollen nicht so oft perfekt sein?
Olaf: Ich glaube, die stehen einfach öfter darüber. Ein Beispiel, wo der Schuss nach hinten losging, ist die Hauptdarstellerin aus *Dirty Dancing*. Sie hat sich nach ihrem Erfolg die Nase operieren lassen, und ihre Karriere war dahin. Ihr hat ihre Nase einfach nicht gefallen. Obwohl sie damit die Hauptrolle bekommen hatte und einen riesigen Kinoerfolg feierte.

Meinst du, dass Frauen manchmal dazu neigen, sich Schönheitsfehler einzureden? Auch wenn diese kaum auszumachen sind?
Olaf: Nobody is perfect. Basta. Wir alle haben irgendwelche Schönheitsfehler.

Also du könntest es nachvollziehen, wenn eine Frau psychische Probleme wegen eines Schönheitsdefizits hat und sich deswegen operieren lässt. Richtig?
Olaf: Im Endeffekt ja. Wenn es die letzte Lösung ist. Und es danach noch natürlich aussieht und sie nicht völlig verändert. Manche Stars erkennt man ja nicht mehr wieder, weil sie zum Beispiel ihr Gesicht und damit ihre Mimik völlig verändert haben. Irgendwo muss mal Schluss sein.

Mein Fazit: Schönheitsoperationen stehen bei Männern lange nicht so hoch im Kurs, wie die Frauen es vielleicht denken. Ich finde, dass man sich solch einen Eingriff dreimal überlegen sollte. Wenn die Nase erst mal gerade ist, dann fällt einem womöglich auf, dass das Kinn jetzt im Verhältnis zu groß ist. Und schwups sieht man Cher zum Verwechseln ähnlich …

Spitze, Strapse und Negligés

Victoria's Secret würde niemals einen Millionenumsatz machen, wenn Unterwäsche völlig uninteressant für Männer wäre. Oder? Viele Frauen haben mich in den Monaten meiner Recherche gefragt, was Männer wirklich von sexy Reizwäsche halten.

Eine Freundin erzählte mir zum Beispiel, dass sie einen Mann kennengelernt hatte, den sie wirklich toll fand. Nach vier Dates ohne bedeutende Annäherung hatte sie es satt und wollte die Initiative ergreifen. Sie dachte, ihm einen riesigen Männertraum zu erfüllen, und lockte ihn nach dem Restaurantbesuch zu sich nach Hause. Dann ging sie ins Bad, zog sich bis auf ihre neuen Dessous aus und streifte sich das erste Mal in ihrem Leben Strapse über. Dann ging sie so zu ihm ins Wohnzimmer und stellte sich – wie im Film – lasziv an den Türrahmen. Ihm blieb die Sprache weg. Er freute sich sichtlich, und ihm gefiel, was er sah. Das belegten nicht nur seine Augen, sondern auch seine nach wenigen Sekunden beträchtliche Beule in der Körpermitte. Er kam auf sie zu und küsste sie so leidenschaftlich, wie sie es sich schon seit mindestens drei Treffen gewünscht hatte.

Zehn Minuten später, sie waren mittlerweile auf dem Sofa gelandet, brach er abrupt das beginnende Spiel ab. »Kannst du dir vielleicht etwas anderes anziehen? Oder vielleicht einfach nur diese Strümpfe ausziehen?« Meine Freundin war irritiert und kam nicht umhin, ihn nach dem Grund zu fragen. Auch auf die Gefahr hin, dass damit endgültig die Lust im Zug nach Hause saß. Er sagte, dass er sich wie bei einer Prostituierten fühle. Meiner Freundin blieb die Sprache weg. Er sagte, dass es nichts mit ihr oder ihrem Verhalten zu tun habe. Einzig die Reizwäsche und die Tatsache, dass sie damit einfach so im Raum stünde, gebe ihm ein anderes Gefühl, als er es sich für den ersten Sex mit ihr gewünscht habe.

Was lernen wir daraus? Erst mal noch nichts, denn es hat trotz normaler Blümchenunterwäsche auch so nicht zwischen den beiden geklappt. Aber auch diese Geschichte und vielzählige eigene Erfahrungen lassen mich bei dem Gespräch über dieses Thema genauer hinhören.

Luca, 33:

»Reizwäsche wirkt oft verkleidet.«

John, 38:

»Hübsche Frauen haben die größten Komplexe.«

Ich sitze mit den beiden Männern in der Berliner Sky Bar, und wir haben uns – passend zum Thema – alle einen rötlichen Cocktail mit viel Power bestellt. Die beiden kennen sich noch nicht, und ich bin gespannt, ob sie sich nicht nur mir gegenüber, sondern auch einander öffnen können. Warum ich dieses Risiko eingegangen bin, fragen Sie sich? Ich mich auch gerade … Nein, im Ernst. Ich kenne beide Männer näher und weiß, dass sie so verschieden sind wie ihre Meinungen zum Thema Sex. Und diese Mischung machte mich neugierig. Lesen Sie, ob ich mich etwas zu weit aus dem Fenster gelehnt habe …

John, wir kennen uns schon einige Zeit, und ich weiß, dass du Dessous wichtig an einer Frau findest.
John: Ganz genau.

Und du, Luca?
Luca: Als du mich darauf angesprochen hattest, habe ich mir in Vorbereitung auf dieses Treffen viele Gedanken gemacht. Und ich bin zu dem Schluss gekommen, dass es nicht immer passt und ich

Frauen auch ohne nennenswerte Unterwäsche ebenso anziehend finde. Manchmal vielleicht sogar noch mehr.

Warum?

Luca: Es ist doch nicht die Kunst, in tollen Dessous sexy zu sein, sondern es auch in einem normalen Slip und BH zu sein.

John: Verdammt, da ist was dran.

Also wird Unterwäsche überbewertet?

John: Nö. Also ich mag sie sehr. Wenn meine Freundin hübsche Dessous anzieht, ist es doch für mich als Mann ein Kompliment. Sie möchte hübsch und sexy für mich aussehen. Und sie zieht sie ganz bestimmt nicht zum Putzen an, sondern um sich eine schöne Zeit mit mir zu machen. Vorfreude ist ja bekanntlich die schönste Freude. Was will ein Mann denn mehr?

Luca: Ich sehe es auch gern an, ja. Aber ich finde, dass Strapse, Perlenstrings und Catsuits in Pornos oder auf Poster in Bundeswehrkasernen und Autowerkstätten gehören.

Das klingt so, als würdest du es billig finden?

Luca: Ich werde das Gefühl nicht los, dass manche Frauen sich über solche Wäsche aufwerten wollen. Es sieht irgendwie verkleidet aus, und ich finde es dann nicht mehr natürlich. Ich rede hier übrigens nicht von normaler Spitzenwäsche, sondern von richtiger Reizwäsche, die mit dem normalen Alltagsgebrauch nichts mehr zu tun hat. Oder fährst du morgens mit einer brustfreien Korsage unter dem Pulli mit der U-Bahn ins Büro?

Ganz sicher nicht.

John: Also ich finde es ganz gut, wenn Frauen sich auch mal »verkleiden«, wie du es eben genannt hast. Frauen sind ja nicht nur berufstätig und im Haushalt aktiv, sondern immer noch Frauen. Mit allem, was dazugehört.

Vielleicht ziehen sie sich ihre Weiblichkeit und ihren Sex-Appeal mit den Dessous an, und sie fühlen sich damit selbst lasziver und erotischer?

Luca: Das kann sein, so genau habe ich darüber noch nicht nachgedacht. Aber rein aus meiner männlichen Meinung heraus finde ich, dass Frauen vor allem durch ihre innere Einstellung sexy sind. Wenn eine wunderschöne Frau teure Dessous von Victoria's Secret trägt, sich aber selbst in ihrem Körper nicht erotisch findet, helfen auch diese Fummel nichts.

John: Gut, das sehe ich ganz genauso. Ich finde es vor allem komisch, dass oftmals die schönsten Frauen die größten Komplexe haben.

Luca: Ja, das ist mir auch schon aufgefallen …

Was glaubt ihr, woran das liegt?

John: Ich denke, dass gerade sehr schöne Frauen nach noch mehr Perfektion streben und an ihrem Körper immer was zu meckern haben …

Luca: Genau, und die Frauen, die ihre kleinen Makel kennen und sich damit angefreundet haben, die denken sich: Scheiß drauf, da ist die ein oder andere Delle, oder meine Brüste könnten schöner sein. Aber dafür zeige ich ihm jetzt, welche Vorzüge ich habe.

John: Ganz genau. In diesem Punkt verstehen wir uns.

Und was ist jetzt eure Empfehlung an die Frauenwelt?

John: Jede Frau sollte sich vor allem darüber Gedanken machen, was zu ihr selbst passt und dessous in erster Linie für sich selbst tragen, damit sie sich weiblich und sexy fühlt. Denn Männer finden genau das viel erotischer als jede Reizwäsche.

Luca: Du meine Güte, das hast du aber gut auf den Punkt gebracht.

*

Ich stoße mit den beiden Männern an und finde, dass sich der Mut für das Gespräch zu dritt sehr gelohnt hat. Kurz, knackig und ehrlich. Und die beiden kommen jetzt so richtig in Fahrt und erzählen sich ihre Erlebnisse zu diesem Thema. Ich lehne mich zurück und ziehe mein Resümee: Spitzendessous sind bei Männern immer gern gesehen, auf Reizwäsche steht wiederum nicht jeder. Und sie steht auch nicht jeder Dame, denke ich. Ich habe das Gefühl, dass jeder Mann eine andere Meinung dazu hat.

Ein Freund von mir sagte mir neulich zu diesem Thema wörtlich: »Ist mir völlig wurscht, was eine Frau für Unterwäsche trägt!« Mein Stirnrunzeln brachte ihn in Erklärungsnot, und er erzählte, dass er es völlig albern und unwichtig finde, was eine Frau drunter trägt. Lust auf Sex hat er speziell wegen einer Frau und nicht wegen eines besonders rüschigen Höschens. Recht hat er.

Mein Fazit: Reizwäsche steht bei Männern lange nicht so hoch im Kurs, wie Frauen es vielleicht denken. Hier ist weniger anscheinend wirklich mehr. Und auch bei diesem Thema wurde klar, dass Frauen für Männer vor allem dadurch schön sind, dass sie sich wohl in ihrem Körper fühlen.

Achselhaar und Schambehaarung: Was geht, was nicht?

Es wird rasiert, gezupft und gewachst, wenn ein Date mit dem Liebsten bevorsteht. Frauen nehmen für die Haarlosigkeit unglaubliche Schmerzen in Kauf und geben höllisch viel Geld aus, um so glatt wie möglich zu sein. Aber ist das wirklich das, was Männer von Frauen erwarten? Oder würden sie vielleicht ein paar Haare ganz sexy finden? Streifen auf dem Hügel oder nicht, das ist hier eine der Fragen, die mich interessieren. Oder muss es wirklich so glatt sein wie die Glatze von Meister Propper? Müssen die Beine einer Frau auch im Winter glänzen? Und was ist mit den Unterarmen? Raus mit der Sprache!

Jo, 23:
»Bitte keine Haare. Sonst könnte ich mich ja auch mit einem Mann paaren.«

Wie stehst du denn zum Thema Haare? Fangen wir mal mit den Kopfhaaren an …

Jo: Es muss in erster Linie zu einer Frau passen. Es gibt Frauen, die sehen sehr sexy mit kurzen Haaren aus. Siehe Halle Berry zum Beispiel. Aber ich für meinen Geschmack mag lange, gewellte Haare sehr gern. Das sieht irgendwie rassig aus.

Und wie sieht es mit Körperhaaren aus? Wie magst du es am liebsten?

Jo: Glatt. Am ganzen Körper.

Warum?

Jo: Ich finde es attraktiver, hygienischer, und irgendwie sieht es aufgeräumter aus. Vielleicht ist ein schmaler Streifen auch noch in Ordnung, aber mehr mag ich eigentlich nicht. Es kann sein, dass sich das ändert, wenn ich mal Vater einer Tochter bin. Das höre ich jedenfalls öfter von Vätern.

Wie ist es denn bei den Frauen bisher gewesen mit der Rasur?

Jo: In meiner Generation sind eigentlich alle rasiert. Und das finde ich auch ganz gut so. Wenn man als Frau älter wird, ist ein Strich oder ein Dreieck wahrscheinlich authentischer. Aber ich glaube, dass ich einen richtigen Intimmopp bei einer Frau nie toll finden werde.

Zählst du da den ganzen Körper mit rein? Also rasierte Beine, Arme, Achseln etc.?

Jo: Ja! Absolut. Vor allem Achselhaare gehen gar nicht. Ich mag nämlich die Achselhöhle sehr gern, vor allem den Übergang dann zur Brust. Und wenn ich Seegras vorfinden würde, wenn sie den Arm hebt, würde sie nur noch meine Flucht beobachten können. Sonst könnte ich mich ja auch mit einem Mann paaren. Haare an den Armen finde ich dagegen nicht schlimm. Wenn sie nicht in der Intensität einem Gibbon ähneln.

Hattest du das schon mal?

Jo: Ja. Ich denke, dass es auch sehr viel mit der Herkunft zu tun hat. Südländische Frauen haben meistens dickere und dunklere Haare als Frauen aus den skandinavischen Ländern.

Und deutsche Frauen sind eine Mischung?

Jo: Ja, da findet man ja auch jede Haarfarbe. Ich finde das ganz gut, denn so sehen nicht alle Frauen gleich aus. In Skandinavien sind alle blond, und in der Türkei sind alle Frauen sehr dunkelhaarig.

Ich denke, dass viele Männer dann genau das anziehend finden, was sie nicht immer vor der Nase haben. – Ach, da fällt mir noch ein, dass Haare auf den Zehen auch ganz schlimm sind. Manche Frauen tragen die schönsten Flip-Flops, und dann stechen einem schwarze Haare auf den großen Zehen ins Auge. Fürchterlich.

Okay, das sollte jede Frau wohl mal bei sich kontrollieren. Und wie sieht es mit den Männern aus? Wie viel Haare sind da erwünscht?

Jo: Ich finde, dass Brusthaare männlich sind und ein Mann tragen sollte, ich mache es auch so. Sollte mit den Jahren die Behaarung zunehmen und zu dominant werden, würde ich es wahrscheinlich stutzen oder ganz rasieren. Denn zu viel ist auch nicht schön. Keine Frau will einen Affen im Bett haben, oder? Intimbereich und Achseln sollte man sich auch als Mann rasieren, finde ich.

Und das findest du aber nicht unmännlich?

Jo: Nein, absolut nicht. Es ist auch viel hygienischer, gerade an solchen Stellen.

Beine?

Jo: Bitte Haare dranlassen! Es sei denn, dass es der Sport verlangt, wie Radfahrer oder Schwimmer. An Fußballspieler zum Beispiel gehören Haare ran.

Thema Waxing. Was denkst du über diese Methode der Haarentfernung?

Jo: Das ist ja gerade bei Frauen ein richtiger Trend geworden. Himmel, was ihr euch da für Schmerzen antut …

Siehste, alles nur für stoppelfreie Zonen.

Jo: Also ich muss zugeben, dass ich es auch machen würde, wenn ich starke Rückenbehaarung hätte. Unfreiwillig wird man ja in

Schwimmbädern oder Saunen öfter mal Zeuge solcher Haarphänomene.

Ich frage mich auch immer, warum die Evolution noch nicht gecheckt hat, dass die Menschen sich ausreichend warm kleiden und damit die Haare am Körper überflüssig geworden sind …

Jo: Na ja, die Männer haben ja auch Brustwarzen, die eigentlich überflüssig sind. Da können wir uns auf die Evolution wohl nicht verlassen.

Vielleicht sind männliche Rückenhaare vor allem eine Alterserscheinung? Manchmal denke ich, dass bei Männern die Kopfhaare ausfallen und beim Runterfallen auf dem Rücken wieder festwachsen.

Jo: Endlich ist die Erklärung da.

*

Mein Fazit: Weniger ist mehr! Basta.

Drittes Date – erster Sex?

Nichts ist für eine Frau schlimmer, als von einem Mann als »billig« und »leicht zu haben« abgestempelt zu werden. Die Regel dafür ist weit verbreitet und denkbar einfach: Anfüttern, aber nicht kosten lassen! Und das so lange wie möglich. Willst du als Frau nur leichte Beute sein, dann spring sofort mit ihm ins Bett. Wird eine Frau wirklich sofort uninteressant, wenn sie sich relativ zügig auf eine wilde Nacht einlässt? Wird dieses Klischee der wahren männlichen Einstellung gerecht?

Ich habe in den Recherchen zu meinen ersten Büchern viele Männer jammern hören, dass Frauen sie erst so richtig anheizen und dann doch wieder auf Abstand gehen. Haben sie sich das selbst eingebrockt, weil sie sonst (ver)urteilen? Oder ist das Ganze nur ein weiteres Missverständnis zwischen den Geschlechtern?

Torsten, 57:
»Macht euch nicht selbst zum angeschossenen Reh vor einem hungrigen Wolf.«

Wie lange sollte eine Frau mit dem ersten Sex warten, damit der Mann nicht das Interesse verliert?

Torsten: Kommt drauf an. Früher, als ich um die 20 war, kam eine Frau nie als mögliche Partnerin infrage, wenn sie schon in den ersten Tagen – oder gar am ersten Abend – mit mir ins Bett gegangen ist. Heutzutage würde ich sagen, dass sich die Zeit etwas verkürzt hat, gerade in den Großstädten.

Warum?

Torsten: Die Zeit heute ist doch um einiges schnelllebiger als damals.

Aber One-Night-Stands gab es doch früher auch schon, oder?

Torsten: Ja, da wurde es nur noch nicht so modern genannt. Da hat man sich beim Tanzabend mit wenigen Worten auf eine gemeinsame Nacht geeinigt und gleich festgelegt, dass am nächsten Morgen jeder seines Weges geht. Und das hat dann auch immer gut geklappt. Heutzutage gibt es so oft ein kleines Drama. Jedenfalls bekomme ich das in meinem Umfeld so mit. Und mittlerweile ist es auch nicht mehr ausgeschlossen, dass sich danach eine Beziehung daraus entwickelt.

Und bei deinen Abenteuern früher war keine Frau dabei, von der du hinterher mehr gewollt hättest?

Torsten: Also, wenn ich genau überlege: Nein.

Weil sie sich zu schnell auf ein Abenteuer eingelassen haben?

Torsten: Ja, auch. Männer sind Jäger, das war schon immer so und wird sich wohl nie ändern. Wie groß wäre denn der Triumph, wenn die Beute selbst angelaufen kommt und sich von allein vor die Füße legt? Das Verfolgen und Erbeuten macht doch erst den Reiz des Jagens aus. Außerdem fand ich Frauen, die gern Abenteuer hatten, als Partnerin nicht geeignet. Ich mochte zurückhaltende und ruhige Frauen lieber. Und die sind eben keine Draufgängerinnen.

Viktor, 34:
»Ehrlichkeit ist man einer Frau immer schuldig.«

Was denkst du dazu? Wie schnell sollte es gehen?

Viktor: Wenn es ums Austoben geht, erübrigt sich die Frage. Dann muss ich die Dame ja vorher nicht kennenlernen. Eigentlich interessiert mich dann noch nicht mal ihr Name.

Ist eine Frau, die sich auf so was einlässt, dann billig für dich?

Viktor: Nein, ganz und gar nicht. Dann würde ich mich selbst ja auch als billig bezeichnen müssen. Da mache ich überhaupt keinen Unterschied zwischen den Geschlechtern.

Und wenn du auf der Suche nach einer Beziehung wärst?

Viktor: Dann würde ich sie vorher lieber kennenlernen.

Warum?

Viktor: Die Grundlage ist dann eine ganz andere. Wenn ich echtes Interesse habe, dann bin ich ja nicht auf ein Abenteuer aus. Dann interessiert mich die Frau an sich und ihre Einstellung zum Leben. Da sind die Antennen nicht auf »Geilheit« gepolt.

Und wie schnell würdest du den Sex-Test machen wollen?

Viktor: Ein normales Date zum Kennenlernen wäre ein Muss. Das gehört sich einfach so. Zum Abschied ist ein inniger Kuss natürlich erlaubt. Ab dem zweiten Date darf dann gern, wenn es auf Gegenseitigkeit beruht, mehr laufen. Der Vorteil ist auch, dass man noch unkompliziert abbrechen kann, wenn es körperlich überhaupt nicht passt.

Wie würdest du dich der Frau gegenüber dann verhalten? Ehrlichkeit? Oder einfach nicht mehr melden?

Viktor: Wenn ich merke, dass sie unseren Sex besser fand als ich, würde ich schon ehrlich sein. Ich finde das fairer, als einfach den Rückzieher zu machen. Das kann ja mal passieren, oder? Und so würde ich ihr sagen, dass es für mich nicht passt.

Das klingt, als hättest du Erfahrung damit?

Viktor: Ich bin ehrlich, da gab es wirklich mal eine Frau, bei der war es ganz ähnlich. Ich muss dazusagen, dass ich ein Geruchsästhetiker bin. Als ich mit ihr spontan im Auto zur Sache kam, erfüllte der herbe Geruch ihrer Schenkelfreuden das gesamte Auto. Und da hatte sie die Hose noch nicht mal offen. Dafür kann sie ja nichts, ich weiß. Aber wenn ihr Intimgeruch mich schon durch die geschlossene Hose flüchten lässt, brauche ich ihr auch nichts vorzumachen.

*

Mein Fazit: Männer wollen anscheinend auch in diesem Jahrtausend Jäger sein. Also darf Frau auch ruhig mal ein flüchtendes Reh sein …

Singleleben oder Beziehungsalltag?

»Ich habe einen Mann kennengelernt, er ist wirklich toll. Wir haben uns schon oft getroffen und stehen uns mittlerweile sehr nah. Eigentlich ist alles toll. Aber sobald ich von einer Beziehung spreche, will er davon nichts wissen. Dabei wäre es wirklich an der Zeit …« Wie oft habe ich diese Worte schon gehört. Kennen Sie die auch? Bestimmt. Denn sehr oft – so heißt es – haben Männer »Bindungsängste«. Aber stimmt das überhaupt? Und wenn ja, warum? Warum haben viele Männer vor dem Wort »Bindung« oder »Beziehung« ebenso große Angst wie ein Süchtiger vor der Betty-Ford-Klinik? Oder bilden Frauen sich das immer nur ein, und in Wahrheit wollen Männer eine feste Bindung ebenso sehr wie viele Frauen?

Tim, 35:
»Die schönsten Erinnerungen, die man sich schafft, erlebt man zu zweit.«

Du bist seit zehn Jahren in einer festen Partnerschaft. Wie war es vorher?
Tim: Mit kurzen unbedeutenden Ausnahmen, die eher Affären als Beziehungen waren, bin ich etwa sechs Jahre lang Single gewesen.

Warst du gern Single?
Tim: Eigentlich nicht. Ich war schon offen für eine Beziehung, aber es war nicht die Richtige dabei. Dafür konnte ich mich austoben. Meine Ur-Triebe waren in dieser Zeit gut befriedigt.

Ur-Triebe?
Tim: Ein Mann muss sich paaren, um seine Gene weiterzugeben.

Aber du hast die Frauen nicht wirklich geschwängert.
Tim: Ja, zum Glück nicht. Aber der Ur-Trieb ist schon befriedigt, wenn man – salopp gesagt – einen wegstecken kann und sich damit seine Männlichkeit beweist.

Also meinst du, dass es in der Natur der Dinge liegt, dass ein Mann in seinem Leben eine bestimmte Anzahl an Frauen im Bett gehabt haben muss?
Tim: Ja, auf jeden Fall. Zumindest, um später nicht auszubrechen und das alles nachzuholen. Jeder Mann kommt mal in so eine Phase. Viele Männer haben diese eben im berühmten Midlife.

Und du schließt das aus, weil du dich in deiner Singlezeit ausgetobt hast?
Tim: Ja, von meinem aktuellen Standpunkt her ja.

Was schätzt du denn an deinem Beziehungsleben jetzt besonders?
Tim: In erster Linie ein echtes Zuhause mit einem lebensbegleitenden Partner, mit dem man Freude, Leid, Erlebnisse und Erinnerungen teilt. Ich persönlich genieße die geregelten Abläufe in einer Beziehung, beispielsweise dass meine Freundin sehr gern kocht, und ich sehr gern esse. Währenddessen kümmere ich mich gern um alle handwerklichen Dinge, was sie sehr genießt.

Klingt mehr nach einer Zweckgemeinschaft als nach großer Liebe.
Tim: Zweckgemeinschaft klingt fies. Aber es ist doch toll, wenn man sich ergänzt. Und ich würde nie mit jemandem mein Leben teilen, wenn die Liebe nicht da wäre.

Vermisst du manchmal die Freiheiten eines Singlelebens?
Tim: Nur selten.

Und was denkst du, wie es mit deiner Freundin aussieht?
Tim: Sie hat ihren Traummann gefunden.

Ja ne, ist klar.
Tim: Ich denke, dass wir es beide ähnlich sehen. Wenn sie mit ihren Freundinnen unterwegs ist und eine Gruppe Chippendales trifft, die alle auf ein Abenteuer aus sind, dann wird auch sie sich zusammenreißen müssen. Aber welchen Wert hätte eine gute Beziehung, wenn dafür nicht jeder einige Kompromisse eingehen müsste?

Was meinst du, warum gehen heute so viele Beziehungen in die Brüche?
Tim: Fehlende Kommunikation. In meinem Umfeld bekomme ich oft mit, dass die Paare verlernt haben, offen miteinander zu reden. Heute streitet man sich nicht mehr am Abendbrottisch oder auf der Couch, sondern per WhatsApp und Facebook. Durch die Schnelllebigkeit des Social Network ist man heute auch viel schneller verführt, zu denken, dass der Partner sich für jemand anderen interessiert. Die Menschen vertrauen sich heute viel zu wenig.

Meinst du, dass Eifersucht dadurch ein größeres Thema geworden ist?
Tim: Ich denke ja. Facebook und Co. verlocken ja auch dazu, dem Partner nachzuspionieren. Und ob das dem Selbstwertgefühl und der Beziehungsqualität zuträglich ist? Wohl kaum.

Martin, 22:
»Als Single kann ich alles erleben, was ich will.«

Also, du bist ja bekennender Single, oder?
Martin: Ja!

Wie lange schon?
Martin: Schon immer …

Was? Echt? Noch nie eine feste Freundin gehabt?
Martin: Nein, hat einfach nie funktioniert. Ob es an mir lag, sei mal dahingestellt.

Es gab doch aber sicherlich schon viele Frauen, die gern eine Beziehung mit dir gehabt hätten, oder?
Martin: Oh ja, aber leider konnte ich noch nicht die Richtige darunter finden.

Vielleicht aus Angst, deine Freiheiten aufzugeben? Oder hast du dich wirklich noch nie verliebt?
Martin: Ja, wahrscheinlich. Und nein, ich habe mich wirklich noch nie verliebt. Ich dachte mal, dass ich es mit 16 Jahren war, aber als ich sie dann zu Weihnachten abgeschossen habe, hatte ich auch kein schlechtes Gefühl dabei.

Und warum hast du es beendet, wenn du dachtest, in sie verliebt zu sein?
Martin: Ich weiß es nicht. Es kam ein Gefühl in mir auf, dass es so nicht richtig ist. Sie war sehr hübsch. Charakterlich auch genau passend, aber das sortiere ich mit 16 Jahren noch unter jugendlichen Leichtsinn ein. Bereuen tue ich es aber nicht.

Was muss denn eine Frau haben, damit sie dein Herz erobern kann? Hast du da eine Vorstellung?
Martin: Sie sollte auf jeden Fall fest im Leben stehen und klare Vorstellungen von ihrem Leben haben. Optisch sollte es natürlich an so wenig Ecken wie möglich fehlen. Ich kann ganz schwer sagen, wer am besten zu mir passt. Sie sollte vor mir stehen und mich einfach in ihren Bann ziehen, mit ihrem Lächeln, ihrer tollen Art usw. Und was mir persönlich sehr wichtig ist: Wir

sollten beide denselben Humor haben. Sonst sind die Gespräche zu verkrampft.

Was liebst du denn an deinem Singleleben?

Martin: Freiheiten. Jede Nacht zu einer unvergesslichen zu machen. Keine Bindung ist eigentlich etwas ganz Tolles, Mann dreht frei und braucht keine Angst zu haben, jemanden dabei zu verletzen. Man kann sein Leben planen, ganz nach eigenem Belieben, und muss keine Rücksicht nehmen. Ach ja, und natürlich kann man Frauen kennenlernen, so viele man schafft.

Sind denn die Frauen wirklich nicht verletzt? Meinst du nicht, dass einige sich innerlich doch mehr erhoffen?

Martin: Na ja, wahrscheinlich schon, aber sie würden so was ja nicht eingehen, wenn sie nicht wüssten, dass es auch aus ihrer Sicht schiefgehen kann.

Und wann sagst du, dass du nicht mehr von ihnen willst, als nur den horizontalen Spaß?

Martin: Eigentlich sofort. Wenn sie vor meiner Tür stehen und sagen: »Hier bin ich.« Nein, war nur Spaß. Ich bin natürlich immer ehrlich und sage, dass ich keine feste Freundin möchte. Aber gegen Spaß sei nichts einzuwenden. Und da sagen die wenigsten Nein.

Werden die vielen Frauen nicht auch irgendwann langweilig?

Martin: Eigentlich nicht. Ich bin manchmal selbst fasziniert davon, wie viele und wie viele unterschiedliche Arten von Frauen es gibt. Ich sollte ein Buch darüber schreiben (*lacht*) …

Den Wink habe ich verstanden … Darauf kommen wir zurück, wenn du die Richtige gefunden hast und wir die ganzen Abenteuer vorher auswerten. Und natürlich herausfinden, was »die Eine« von den ganzen Frauen vorher unterscheidet. Du bist 22. Wie alt sind denn deine Abenteuer?

Martin: Ich schätze mal um die 20. Nicht älter als ich.

Gibt es Ängste, die du vor einer Beziehung hast?

Martin: Ja. Natürlich die Angst, sich zu verlieben und sich dann wieder zu trennen. Das muss echt hart sein. Außerdem habe ich das starke Gefühl, wenn ich mir vorstelle, gebunden zu sein, dass ich nichts mehr erleben kann. Dass einfach Ende ist. Daher scheitern oft meine Versuche, mich zu binden, da ich denke, dass ich dann nichts mehr erleben kann.

Meinst du sexuell? Also mit anderen Frauen?

Martin: Ach, das geht über das Sexuelle mit Frauen hinaus. Keine abgedrehten Sachen mehr machen mit … ähm … Mist. Ja doch sexuell.

Verstehe. Wie lange gehen denn deine Techtelmechtel mit einer Frau in der Regel? Also wie oft lädst du sie maximal in dein Bett ein?

Martin: Gute Frage. Kommt drauf an. Wenn ich im Club den Typen spiele, der nur zu Besuch da ist und ein Zimmer bei einem Kumpel in der Stadt hat, dann nur ein Mal. Aber ansonsten kommt es auf die Chemie an, da kann das auch öfter werden.

Und gibt es da ab und an trotzdem Eifersüchteleien von den Mädels, wenn sie merken, dass du nebenbei noch was anderes am Laufen hast?

Martin: Das kriegen die gar nicht mit.

Darin bist du ja anscheinend schon Profi. Kannst du dir vorstellen, dass die Sexualität in einer Beziehung sogar immer noch besser werden kann?

Martin: Ich denke, dass gerade die Sexualität in einer Beziehung mit der Zeit besser wird. Zwar hatte ich wie gesagt noch keine, aber ich denke, dass starkes Vertrauen die Qualität im Bett steigert. Ich denke also eher nicht, dass es langweilig(er) wird.

Wie oft ist der Sex denn richtig gut mit den Mädels?
Martin: Das ist so fifty-fifty. Mal ist es für mich besser, mal für sie. Aber im Endeffekt ist jeder Sex gut.

Wie verändern sich denn deine Kumpels, wenn sie eine feste Freundin haben?
Martin: Das ist unterschiedlich. Ich habe schon erlebt, dass sich Kumpels vom Freundeskreis total abgewendet haben. Die haben es selbst wahrscheinlich nicht mal bemerkt, aber da war der Kontakt auf einmal gleich null. Andere hingegen sind geblieben wie vorher und leben ihr Leben einfach genauso weiter, bloß mit dem Zusatz, dass zu Hause eine Freundin wartet.

Okay, also bist du von deinem Umfeld nicht »Freundinnen-traumatisiert« … Wenn du dich sexuell nicht einschränken möchtest, wäre dann eine offene Beziehung etwas für dich?
Martin: Nun ja, das brauche ich wiederum gar nicht.

Und wenn ihr euch liebt, du sie sexy findest, ihr euch aber ab und an sexuell austoben dürftet, damit keiner etwas verpasst? Könntest du dann teilen?
Martin: Eher würde ich sterben.

Also suchst du doch – wenn »suchen« das richtige Wort ist – nach einer klassischen Beziehung, wenn überhaupt?
Martin: Richtig. Wenn ich suche, dann suche ich auch was mit Zukunft. Aber wann diese schöne Blume gepflückt wird, das weiß noch keiner.

Wäre es dir denn egal, wenn deine »Blume« vorher ähnlich aktiv war wie du?

Martin: Na ja, ich bin ja auch kein Mauerblümchen und erwarte das auch nicht vom Gegenüber. Warum sollte ich da urteilen, wenn ich nicht genauso oder gar noch schlimmer war?

Die Einstellung finde ich toll. Denn ich höre öfter, dass Männer gern eine unerfahrene Frau haben wollen. Was findest du bei dem Gedanken an eine feste Partnerin noch toll, wenn wir mal die sexuelle Entwicklung außen vor lassen?

Martin: Ich könnte mir vorstellen, dass eine gemeinsame Lebensplanung etwas sehr Schönes und Motivierendes sein kann. Außerdem finde ich hoffentlich in der Partnerin eine Seelenverwandte, mit der ich über alles reden kann. Gerade die intensive Kommunikation mit dem Partner würde ich als großen Vorteil ansehen.

*

Mein Fazit: Männer haben oft Angst vor Verpflichtungen und Kontrolle in einer Beziehung. Andererseits genießen sie die Vorteile von Geborgenheit und Vertrautheit in einer Beziehung. Der eine ist ein Beziehungstyp, der andere so gar nicht. Ich fürchte, dass es für dieses Thema so viele verschiedene Meinungen gibt wie Stringtangas auf der Bühne von Robbie Williams.

KAPITEL 2

DAS VORSPIEL

Oralbalett

Frauen rate ich immer Folgendes: Bevor ihr mit einem Mann schlaft, macht den Kuss-Test. Der ist unabdingbar. Jedenfalls, wenn man sich eine große Enttäuschung ersparen möchte. Warum? Wenn es beim Küssen nicht harmoniert, dann kann das Bettspiel nur unter dem Motto stattfinden: Der Sex ist so schlecht, den muss man auch mal gehabt haben. Oder haben Sie schon mal grandiosen Sex mit jemandem gehabt, der küsst, wie ein Waschlappen reinigt? Eben!

Aber wie sieht es da mit der Meinung der Männer aus? Ist ihnen das Zungenspiel überhaupt wichtig? Und wenn ja, wie oft und wie intensiv? Beim Sex auch? Oder gehört es für Männer eher ins Vorspiel? Und wie entwickelt sich die Kuss-Lust in längeren Beziehungen?

Steffen, 39:
»Raucher zu küssen ist echt ekelig.«

Ist Küssen für dich ein wichtiges Thema?

Steffen: Ist Küssen wichtig … ja! Auf Freundschaftsebene genauso wie auch auf sexueller Ebene!

Freundschaftsebene? Definition, bitte.

Steffen: Na, der Kuss zwischen Freunden, der Vertrautheit und Vertrauen, Zuneigung und Geborgenheit ausdrückt. Es gibt sehr wenige Frauen, die ich auf den Mund küsse. Dazu muss eben eine Vertrautheit herrschen. Das ist schwer zu erklären. Aber auch das fühlt sich gut an, auch wenn kein sexueller Gedanke dahinter ist.

Und im leidenschaftlichen Sinne? Zählt es zu gutem Sex für dich immer dazu?

Steffen: Ja … nein … Ja? Nein, ich denke nicht. Sex kann auch ohne Küssen auskommen und dabei gut sein. Ich denke dabei an SM-Praktiken, die ja auch nicht von zärtlichen oder leidenschaftlichen oder Küssen überhaupt geprägt sind.

Das sind natürlich spezielle Situationen. Aber grundsätzlich findest du es wichtig?

Steffen: Ja. Ich mag es sehr, ausgiebig zu küssen. Aber dann bitte zusätzlich überall auf dem Körper verteilt!

Konnte bisher jede Frau gut küssen?

Steffen: Nein. Definitiv nicht. Meine zweite Freundin küsste so wild und leidenschaftlich, dass es richtig wehtat. Sie drückte einfach ihre Zähne von innen gegen ihre Lippen. Das fühlte sich sehr grob an, und ich hatte hinterher einen wunden Mund!

Oje. Hast du ihr das mal gesagt? Oder einfach hingenommen?

Steffen: Hingenommen. Ich war jung, verliebt und unerfahren … Und ich brauchte das Geld.

Und sonst hast du immer nur gute Kusserfahrungen gemacht?

Steffen: Hm. Nein. Ich fand es immer etwas unangenehm, wenn eine Frau geraucht hat. Ich mag das einfach überhaupt nicht. Der Geschmack im Mund ist mir persönlich ziemlich unangenehm! Viele Raucher machen sich darüber leider nicht so viele Gedanken.

Fällt dir zum Thema Küssen noch etwas ein, was du wichtig findest?
Steffen: Mein Französischlehrer auf der Realschule hat mal den Spruch losgelassen: »Küssen ist, wenn zwei Lippenlappen heftig aufeinanderklappen und dabei das Geräusch entsteht, als ob 'ne Kuh durch Scheiße geht!« Und um wieder romantisch zu werden: Leute, mehr küssen! Tut gut, hat wenig Nebenwirkungen, und die Beteiligten sind in der Regel danach glücklicher.

Ist das in einer Beziehung, die du mal hattest, eingeschlafen?
Steffen: Das Küssen? Nee, vorher war die Beziehung eh immer vorbei.

Okay. Also warst du immer eher kussaktiv als lippenfaul?
Steffen: Ja! Küssen ist einfach toll!

Geht auch einfach mal ein inniger Kuss zwischendurch, ohne dass gleich mehr passiert?
Steffen: Ja sicher! Küssen ist ja nicht gleichzusetzen mit Vorspiel!

Ist dir schon mal eine Kuss-Panne passiert?
Steffen: So etwas wie Zahnspangen verhaken? Hm … ja. Aber wir konnten beide drüber lachen. Es war einmal ein spontanes Bäuerchen. Peinlich.

Ich predige übrigens einen Kuss-Test in all meinen Interviews: Wenn das mit dem Küssen nicht harmoniert, dann wird der Sex erst recht nichts. Was hast du da für Erfahrungen gesammelt?
Steffen: Stimmt absolut! Zumindest hab ich die Erfahrung gemacht, dass leidenschaftlich küssende Frauen auch ebenso leidenschaftlichen Sex machen.

Samuel, 30:

»Ein Kuss kann magisch oder mechanisch sein.«

Wie wichtig ist dir das Küssen?

Samuel: Früher als Jugendlicher wollte ich immer viel küssen. Da habe ich ständig daran gedacht, wie es sein wird, endlich ein Mädchen richtig zu küssen.

Und wie war es dann?

Samuel: Ekelig, weil sie Mundgeruch hatte und ihre Lippen ganz nass gemacht hatte. Das fühlte sich wie ein unausgewrungener Spüllappen an. Und ich finde es bis heute immer noch oft unangenehm.

Wegen zu nasser Lippen?

Samuel: Nein, das passiert mir zum Glück nicht mehr so oft. Aber meine Mama ist Zahnärztin, und aus diesem Grund beschäftige ich mich schon seit meiner Kindheit mit allen oralen Themen intensiver. Und leider sehe ich durch diese Hintergrundinformationen vorher etwas genauer hin und entdecke oft mangelnde Zahnhygiene.

Was bedeutet hier »etwas genauer«?

Samuel: Natürlich nicht direkt mit einem kleinen Spiegel, aber an kleinen Details kann ich schnell erkennen, wie sehr sich ein Mädchen um ihre Zähne kümmert.

Fluch oder Segen?

Samuel: Ich glaube, Fluch.

Und konntest du das schon mal völlig ausblenden? Also vorher nicht den Kontrollblick anzuwenden?

Samuel: Ja. Wenn eine Frau mich so sehr in ihren Bann zieht, dass ich Feuer und Flamme bin, dann lasse ich es lieber auf mich zukommen. Ich finde dann den ersten Kuss richtig magisch. Ich liebe dann dieses Kribbeln und das greifbare Verlangen.

Du strahlst dabei gerade richtig. Ist dein letzter magischer Kuss vielleicht noch gar nicht lange her?
Samuel: Bin ich so gut zu durchschauen?

Sagen wir mal, ich habe es geraten. Und?
Samuel: Ich habe vor wenigen Wochen jemanden im Internet kennengelernt, und wir waren öfter zusammen essen. Letzten Samstag habe ich sie das erste Mal geküsst. Mir blieb richtig die Luft weg, so aufregend war es. Ich finde es immer wieder erstaunlich, welche Gefühle und Lust ein einziger Kuss auslösen kann.

Und wie wichtig ist es dir in einer Beziehung?
Samuel: Sehr. Mir ist es so oder so wichtig, dass ein liebevoller Umgang herrscht. Und da gehört ein Kuss zwischendurch doch bitte dazu. Ich finde es deswegen so wichtig, weil ich mal eine zweijährige Beziehung hatte, in der das gar nicht passte.

War sie auch ungepflegt in den Zahnzwischenräumen?
Samuel: Sie küsste irgendwie … wie soll ich sagen … mechanisch. Als würde sie kein Gefühl in den Lippen haben. Sie machte ihre Lippen ganz hart, und ihre Zunge stieß wie eine angreifende Schlange immer wieder in meinen Mund hinein.

War sie auch auf anderen Gebieten so grobmotorisch?
Samuel: Ja. Sie hat mich nur einmal oral befriedigt. Das reichte mir auch. Ich hatte Angst um mein Eichelbändchen.

Was hat sie denn da angestellt?

Samuel: Sie ließ ihren Zähnen freien Lauf. Mehr brauche ich wahrscheinlich nicht zu sagen. Ich habe es irgendwann nicht mehr ausgehalten und mit ihr Schluss gemacht. Ich konnte einfach nicht mehr mit ihr intim werden.

Hast du ihr die Gründe genannt?

Samuel: Ich war ein Arsch. Heute würde ich sie nicht mehr so fies verlassen … Ich habe ihr einen Flyer für Entspannungskurse mitgebracht und ihr gesagt, dass sie ihre Muskeln mal lockern muss. Und dass ich von nun an mit einem Mann zusammen wäre.

Warum hast du das denn gemacht? Oder war das tatsächlich so?

Samuel: Nein. Aber ich wollte verhindern, dass sie es noch mal bei mir versucht. Ich wollte das Kapitel abschließen. Zum Glück habe ich nie wieder eine Frau kennengelernt, die so steif geküsst hat. Trotzdem denke ich heute, dass ich einfach mal hätte den Mund aufmachen müssen. Vielleicht hätten wir etwas ändern können.

Hinterher ist man immer schlauer …

*

Mein Fazit: Küssen ist und bleibt eines der zärtlichsten, sinnlichsten und verführerischsten Dinge, die Menschen miteinander tun können. Auch für Männer!

Saugen, lutschen, lecken: Wie macht Frau es richtig?

Wenn ich eine Frau fragte: »Wie schätzt du deine Blowjob-Qualitäten ein?«, kam uneingeschränkt ein »Sehr gut« oder »Bisher hat sich noch keiner beschwert« zurück. Wir Frauen denken, dass wir das super draufhaben. Ich auch, das gebe ich zu. Aber wenn wir Frauen denken, dass ein »rein in den Mund und etwas rumwackeln« ausreicht, um Männerherzen höherschlagen zu lassen, sind wir auf der völlig falschen Fährte.

Jeremy, 26:
»Weniger als zehn Prozent meiner bisherigen Frauen konnten gut blasen!«

Jeremy und ich sitzen bei einem Drink in meiner Lieblingsbar, weil wir kurz darauf bei Joiz eingeladen sind. Dort stellen wir zusammen mein viertes Buch *Ein Gentleman genießt … und erzählt!* vor, in dem er mir auch schon ein Sexabenteuer erzählt hatte. Da wir noch etwas Zeit haben, frage ich, ob er Lust hat, mir seine Meinung über Blowjobs zu offenbaren. – »Oh ja, da haben Frauen oft noch sehr große Wissenslücken.«

Wie viele Frauen, mit denen du bisher intim warst, konnten gut blasen?
Jeremy: Wenn ich grob die etwa 70 Frauen überschlage, komme ich leider auf maximal zehn Prozent, die wirklich gut blasen konnten.

So wenig?

Jeremy: Wenn ich genau drüber nachdenke, fallen mir nur zwei Frauen ein, die es wirklich perfekt gemacht haben. Und darum geht es ja; dass man es lange Zeit nicht vergessen kann, weil es so gut war.

Und der Rest?
Jeremy: Da war es ganz okay. Aber bei einem Okay kann man sich schon am Folgetag nicht mehr daran erinnern.

Wann ist denn für einen Mann ein Blowjob so richtig gut?
Jeremy: Wenn es sich dabei wie richtiger Sex anfühlt.

Spielt es denn eine Rolle, ob eine Frau es bis zum Schluss macht?
Jeremy: Nein. Also bei mir jedenfalls nicht.

Siehst du, ich dachte immer, dass es für einen Mann nur dann perfekt ist, wenn es bis zum Schluss geht.
Jeremy: Nein, überhaupt nicht. Meistens macht der Mann ja auch die meiste Arbeit. Dann ist es aber kein guter Blowjob.

Also sollte der Mann sich komplett entspannen können?
Jeremy: Ja, denn dann fühle ich mich von der Frau komplett verwöhnt.

Sollte denn ein Blowjob für sich allein stehen oder in jedem Vorspiel mit eingebaut sein?
Jeremy: Eine von den beiden Frauen, die ich eben erwähnt habe, die stand da total drauf. Sie wollte ständig und überall. Sogar beim Autofahren. Und die hat es auch immer bis zum Ende gemacht.

Der Traum eines jeden Mannes.
Jeremy: Na ja, um ehrlich zu sein, irgendwann nicht mehr. Alles wird in der Häufigkeit irgendwann langweilig. So war es auch

damit. Es ging irgendwann so weit, dass sie ihn dreimal am Tag mit den Worten »Mama braucht ihr Eiweiß« ausgepackt hat. Auch wenn sie es echt gut konnte, aber nach und nach wurde das unerotisch.

Bis zu welchem Punkt war es okay?

Jeremy: Einmal am Tag hätte mir durchaus gereicht, wenn sie es so gern mag.

Und die Zweite?

Jeremy: Die war ein One-Night-Stand. Kaum hatte sie angefangen, da dachte ich »Wow, ist ja der Wahnsinn«, und dann musste ich mich konzentrieren, damit nicht kurz darauf alles vorbei war.

Jetzt mal eine grundsätzliche Frage: Lieber mehr oder weniger Druck?

Jeremy: Die richtige Mitte.

Mit Hand oder ohne Hand?

Jeremy: Beides hat seinen Reiz. Aber wenn eine Frau gut mit den Händen arbeiten kann, kann das auch sehr geil sein.

Gibt es denn körpersprachlich einen Tipp für uns Frauen, der uns unsere Qualitäten in dem Moment verrät?

Jeremy: Ich denke, dass wir Männer es schnell abbrechen und bei der Frau etwas machen, wenn es uns gar nicht gefällt. Wegziehen ist natürlich auch ein klarer Hinweis. Logisch. Das ist ja auch eine empfindliche Stelle, und da kann es auch schon mal wehtun, wenn man damit zu grob umgeht.

Gut, ich denke, das ist klar. Kann es sein, dass der Blasstil einer Frau vielleicht einfach nicht zu dem Mann passt, wenn es gar nicht funktioniert?

Jeremy: Na klar. Und das ist doch umgedreht genauso.

Was turnt euch Männer denn beim Lecken an? Oder was ab?
Jeremy: Geruch. Kann ab- oder sehr anturnend sein.

Du guckst so komisch …
Jeremy: Ja, da fällt mir nämlich gerade ein Erlebnis ein. Ich habe mich mal mit einer Prostituierten bei mir getroffen, die ich privat kannte. Die Frau war optisch der absolute Hammer, und ich war echt heiß auf sie. Doch dann kam der Moment, als ich ihr die Jeans ausgezogen hatte. Da flog meine Lust so schnell weg wie ein Düsenjet. Ich habe dann sofort alles abgebrochen.

Und was meinst du, war es ihr Eigengeruch oder mangelnde Hygiene?
Jeremy: Ich glaube, dass sie einfach mit ihrem eigenen Geruch gestraft war.

Gehört Oralsex zu gelungenem Sex dazu?
Jeremy: Nö. Aber es ist die Königsdisziplin.

Vielleicht ist es sogar schwieriger als der eigentliche Akt …
Jeremy: Ja, weil man dabei viel mehr falsch machen kann.

Gehört denn ein gutes Vorspiel für dich dazu?
Jeremy: Kommt auf die Stimmung an. Mal brauche ich nur einen guten Kuss, und dann folgt ein kleiner Quickie. Ein andermal viel gutes und ausgiebiges Vorspiel. Aber für mich darf es gern etwas härter sein.

Ah. Also der dominante Typ?
Jeremy: Ja. Gern auch mal mit Beißen, Würgen, Haareziehen. Ich gebe gern den Ton an.

Yoran, 47:

»Von über 500 Frauen konnten nur drei wirklich gut blasen.«

Du bist ja nun schon einige Jahre sexuell aktiv, und da brennt mir eine Frage unter den Nägeln. Wie viele Frauen konnten bisher wirklich gut blasen? Also nicht nur ganz okay, sondern richtig gut?

Yoran: Oh, willst du das wirklich wissen? Die Antwort könnte hart für dich sein.

Klar!

Yoran: Also durch unsere sexuellen Tätigkeiten innerhalb unserer Beziehung in Clubs kommen wir auf sehr viele Frauen, mit denen wir sexuellen Kontakt hatten. Das geht sicherlich in den 500er-Bereich.

Im Ernst?

Yoran *(während seine Frau nur zustimmend nickt)*: Da kommt eben über die Zeit einiges zusammen.

Wow. Das ist mal eine Zahl. Und wie viel Prozent der Frauen besaß die perfekte Blowjob-Technik?

Yoran: Drei.

Prozent?

Yoran: Nein, leider nur drei Frauen an der Zahl. Vielleicht komme ich auf zehn Frauen, bei denen es mir wirklich richtig Spaß gemacht hat. Aber vom Hocker hat es mich nur bei dreien gerissen. Ich sage immer, Oralsex ist mir nicht wichtig. Und warum ist es mir nicht wichtig? Weil es einfach kaum eine gut kann.

Was meinst du, warum schneidet die Masse der Frauen schlecht dabei ab?

Yoran: Ich finde, dass man einer Frau anmerkt, ob sie echten Spaß daran hat. Und das sind leider die wenigsten. Und dann kommt noch der Faktor dazu, dass Oralverkehr nicht nur aus der Tätigkeit mit dem Mund besteht, sondern Massagen mit den Händen zusätzlich einen Reiz bedeuten. Der Druck muss natürlich auch stimmen. Alles in allem sollte es ein reizvolles Spiel mit der Lust des Mannes sein. Und all diese Fähigkeiten bringen nur sehr wenige mit.

Meinst du, dass viele Frauen ihre Fähigkeiten auf diesem Gebiet überschätzen?
Yoran: Absolut.

Gibt es etwas, was Frauen sich sparen können?
Yoran: Ja, da fällt mir etwas ein, was bei sehr, sehr vielen Frauen ganz fürchterlich ist. Sie hängen »ihn« einfach nur in den Mund.

Echt?
Yoran: Ja, leider sehr oft. Dann stehst du als Mann da und denkst dir: Und jetzt? Du musst doch noch irgendwas machen, Mädchen. Nicht einfach nur ansabbern und auf die Zunge legen.

Das kann ich gar nicht glauben …
Yoran: Ich kann es manchmal auch nicht glauben. Aber bei mindestens jeder Zweiten ist es so. Ich frage mich dann auch immer, ob sie es vielleicht gewohnt sind, dass der Mann mit einer Hand den Kopf der Frau führt. Da stehe ich aber überhaupt nicht drauf.

Ich behaupte auch, dass das wenige Frauen wirklich toll finden. Ich möchte schon selbst bestimmen, ob und wann ich jemandem meinen Gaumensegel vorstellen möchte.
Yoran: Außerdem finde ich diese extreme Passivität sehr merkwürdig. Beim Blowjob geht es doch eigentlich um den Reiz, dass eine Frau mit deinem besten Stück spielt und dich verwöhnt. Darum, dass ich eben nicht weiß, was im nächsten Moment passiert. Das

Gefühl, dass mich ein Mädchen in der Hand hat, ist doch genau der Sinn der Sache … Und dann gibt es da auch noch die, die unbedingt beweisen wollen, wie toll sie es können. Übereifrigkeit ist auch nicht gerade von Vorteil. Eine hat es sogar mal geschafft, mir das Bändchen durchzubeißen. Seitdem mag ich es nicht, wenn mir eine betrunkene Frau einen blasen will. Der Anblick des blutverschmierten Mundes hat sich eingeprägt.

Dann ist ein Zungenpiercing Pro oder Kontra?

Yoran: Kontra. Ich finde, es stört. Ich mag weiche Lippen und eine warme Zunge allein lieber.

Und gibt es noch etwas, was viele Frauen nicht so gut beim Blowjob machen?

Yoran: Man muss wissen, dass die Hoden eines Mannes sehr empfindlich sind. Da muss eine Frau mit Druck und Knetmassagen vorsichtig sein. Mich persönlich turnt es total ab, wenn meine Hoden wie ein Wutball behandelt werden. So fühlt es sich jedenfalls sehr schnell an. Unten an der Wurzel darf es gern wieder etwas mehr Druck sein. Eine hat mir sogar mal in den Schwanz gebissen. Das war auch überhaupt nicht witzig.

Wie kam sie denn dazu?

Yoran: Sie wollte anscheinend besonders sexy sein und hat mich dabei mit einem Schlafzimmerblick angeguckt. Mein Blick war dann eher der eines Schlachters.

Ja, das kann ich mir vorstellen. Da erschreckt man sich sicherlich auch erst mal.

Yoran: Ja, echt. Ich denke, die Zähne gehören lieber verdeckt. Saugen, Lecken, Lutschen und Massieren ist dagegen perfekt. Auch ein schöner Blick zwischendurch ist sehr anturnend. À la »Guck dir an, was ich da gerade mit dir mache.«

Richard, 49:

»Leidenschaftslosigkeit beim Blowjob spürt ein Mann.«

Wie viel Prozent der Frauen in deinem Leben haben einen Blowjob wirklich gut gemacht?

Richard: Die Hälfte.

Damit liegst du im oberen Bereich der Männer, die ich bisher befragt habe. Und was hat diese Frauen von den anderen Frauen unterschieden?

Richard: Die Zärtlichkeit. Ein Blowjob ist nicht, wie man in vielen Pornos sieht, ein besinnungsloses Rein-raus-Spiel mit dem Mund. Sondern mindestens genau so wichtig ist ein zärtliches Spiel mit der Zunge an der Eichel, auch wenn die im Mund verschwunden ist. Das kann man im Porno aber nicht gut zeigen, also kommt es im Bildungsfernsehen nicht vor.

Und was machen viele Frauen noch falsch?

Richard: Zu grob und zu schnell. Dabei liegt der Genuss auch in der Entschleunigung. Blast einfach so, wie ihr geleckt werden wollt. Erst sanft, dann heftiger. Ein Auto fährt man ja auch nicht am Limit, wenn es noch kalt ist.

Gehört es für dich zu einem gelungenen Vorspiel dazu?

Richard: Nicht zwangsläufig. Manchmal ist es Teil des Vorspiels, manchmal ist es das Hauptgericht, manchmal geht es ohne Blasen zur Sache. Es darf keine Routine sein.

Hattest du bei manchen Frauen also schon das Gefühl, dass sie es nur gemacht haben, weil es eben dazugehört?

Richard: Aber ja, natürlich. Viel schöner ist es, wenn die Frau es auch gern macht. Zum Beispiel weil sie Schwänze toll findet. Eine Frau hat mir mal erzählt, wie geil es ist, mit der Zunge an der Eichel zu spielen, die Wärme und Weichheit der prallen Eichel zu spüren. Das macht sie sehr an, und wenn sie bläst – was sie aber nicht oft tut –, dann mit vollster Leidenschaft. Und das ist dann natürlich viel intensiver.

Warum finden es viele Männer toll, wenn eine Frau bis zum Schluss bläst? Oder ist dies ein Irrglaube von Frauen?

Richard: Nö. Weil es wirklich nichts Schöneres gibt, als im Mund einer Frau zu kommen. Wenn sie das auch will, natürlich. Die Wärme des Mundes plus die Weichheit der Zunge gepaart mit der Lust der Frau. Ekstase pur!

Also wenn eine Frau es nicht gern bis zum Schluss tut, es aber dem Mann zuliebe doch macht, würdet ihr es wahrscheinlich gar nicht genießen können?

Richard: In dem Moment denken Männer sicher nicht so weit. Es sollte für die Frau zumindest okay sein, dass er in ihrem Mund kommt, keinesfalls widerwillig, das macht dann natürlich keinen Spaß. Sex soll ja für beide bereichernd und lustvoll sein. Übrigens ist Schlucken kein Muss, falls das deine nächste Frage wäre. Es gibt ja Taschentücher und Wasser zum Mundausspülen.

John, 38:

»Die Masse der Frauen kann einfach nicht blasen!«

Starkes Statement. Wie kommst du darauf?

John: Einfach erklärt: Eine Frau hat keinen Schwanz. Sie kennen damit die empfindlichsten Stellen nicht, wissen nicht, wie viel Druck gut ist und wie man ihn überhaupt anfasst.

Wäre es dann nicht an euch, es uns zu erklären? Wir können es – wie du eben schon festgestellt hast – ja nicht wissen.

John: Da gibt es drei Punkte, in die ich es gern untergliedern würde. One-Night-Stands, männliche Kommunikation über Sex und mein persönliches Empfinden. Bei einem One-Night-Stand kommt ein Mann bestimmt nicht auf die Idee, einer Frau danach zu erklären, wir sie es beim nächsten Mann besser machen kann. So ist die Flucht manchmal einfach der bessere Weg. Erfahrung abgehakt, Punkt. So reden Männer übrigens auch miteinander.

Ist das nicht vielleicht auch der einfachere Weg?
John: Ja, aber ihr Frauen – wette ich zumindest – würdet es bei einem Mann auch nicht anders machen, wenn ihr ihn nie wieder sehen wollt.

Okay, da ist was dran. Nächster Punkt. Wie meinst du das mit der männlichen Kommunikation?
John: Ich spreche jetzt mal für viele Männer, die ich kenne. Männer würden eher selten auf die Idee kommen, sich mit einer Frau, die nur für eine Nacht bleiben soll, nach dem Sex hinzusetzen und jede Aktion haarklein auszuwerten.

Ja?
John: Ja! Das ging bei mir einmal sogar so weit, dass Little John während des Blasens von voller Betriebshärte in eine weich gekochte Nudel wechselte.

Was hat sie denn so falsch gemacht?
John: Die hat ihn einfach nur vollgesabbert. Kein Druck, kein Spiel, einfach nur mit Spucke nass gemacht. Da hat mein Waschlappen mehr Qualitäten.

Und dann?
John: Sie sagte: »Kein Problem, das passiert öfter.«

Das sollte ihr ja zu denken geben …

John: Ja, natürlich. Aber Männer nehmen schlechte Bettqualitäten manchmal lieber hin, als darüber zu sprechen. So nach dem Motto: Alles Gute ist nie beisammen. Dann macht man halt weiter und lässt diese Rubrik einfach aus. Oftmals ist Mann einfach zu verschämt, um die Sachen beim Namen zu nennen. Die Gefühle der Frau möchte man auch nicht verletzen und die Stimmung nicht killen.

Also würdet ihr manchmal lieber schlechten Sex haben, als mit einer Frau darüber zu reden?

John: Einige meiner Kumpels machen das so, ja. Sie machen das mit sich aus. Vertrauen ist da ein ganz großer Punkt. Und das Vertrauen, über Sex im Detail zu sprechen, hat ein Mann nicht zu vielen Personen. Wenn überhaupt.

Und der dritte Punkt? Deine persönliche Meinung?

John: Ich würde immer mit meiner festen Partnerin darüber reden. Es ist mir ja auch wichtig, dass sie mir sagt, wie ich sie glücklich machen kann. Ich habe mal einen Abend lang mit meiner Freundin nackt im Bett gelegen, und wir haben uns gänzlich mit den Vorlieben des anderen beschäftigt und darüber ausführlich gesprochen, ohne Sex zu haben. Das empfehle ich übrigens jeder Partnerschaft mal. Das steigert die Qualität im Bett ungemein.

Und wie macht es Frau dann richtig?

John: Eine Frau muss wissen, dass bei vielen Männern die empfindlichste Stelle im Übergang zwischen Schaft und Eichel liegt. Das heißt, wenn man mit der Zunge genau diesen Bereich besonders stimuliert, ist das schon mal grundsätzlich gut. Ein Penis verträgt auch eine gute Portion Druck, da ist mehr manchmal besser als zu wenig. Es gibt ja den Spruch: Hauptsache eng. Warum? Weil

Enge einfach einen gewissen Druck ausmacht, und durch diesen spüren wir viel intensiver.

Fällt dir noch etwas ein?

John: Manche Frauen lutschen auch nur an der Eichel herum, das ist auch nur sehr begrenzt schön. Als Mann ist es sehr schön zu sehen, wenn sie ihn etwas mehr in den Mund nimmt. Natürlich nur so weit, wie es ihr selbst angenehm ist.

Hand, ja oder nein?

John: Klar! Nicht immer, aber gern abwechselnd nur die Lippen und dann mit der Hand. Abwechslung macht das Spiel doch erst perfekt. Kreisende und massierende Bewegungen sind ebenfalls erwünscht.

Hoden massieren?

John: Ja, gern auch das. Ich persönlich mag es, wenn die Hoden leicht massiert und gestreichelt werden, am liebsten vom Ansatz und nach unten hin. Hoden sind – von unten zum Körper hin gedrückt – sehr empfindlich, und dann ist es schnell unangenehm. Fragt einen Mann, wenn ihr ein Vertrauensverhältnis habt, einfach, wie er es mag. Ich glaube, da gibt es von Mann zu Mann unterschiedliche Vorlieben. Wenn eine Frau diese Eckpunkte berücksichtigt, kann schon nicht mehr so viel schiefgehen.

Bis zum Schluss, ja oder nein?

John: Eine Frau sollte nichts tun, was sie nicht mag. Ich persönlich sage immer kurz vorher Bescheid, damit sie selbst entscheiden kann.

*

Mein Fazit: Ich fürchte, dass die Masse der Frauen sich reichlich überschätzt, wenn es um die Blowjob-Qualitäten geht. Männer reden nicht so viel darüber, was es nicht wirklich leichter macht. Also: Rat an die Männer: Mund auf. Ähm, natürlich nur, um uns zu trainieren und verbal anzuweisen. Rat an die Frauen: Üben, üben, üben …

Vorspiel: Was macht den Mann vorher an?

Ich kann aus eigener Erfahrung sagen, dass viele Männer es mit dem Vorspiel nicht mehr ganz so genau nehmen. In Extremfällen habe ich es sogar als unnötige Zeitverschwendung für den Mann empfunden. Oder habe ich in der Vergangenheit einfach nur Pech gehabt? Dabei habe ich mich in vielen Situationen wie eine Einkaufsliste gefühlt, auf der jeder Punkt einfach nur abgehakt wurde:

Brüste geknetet? Check.

Klitoris gerubbelt? Check.

Geküsst? Check …

Ich bin mir nicht sicher, ob meine Erfahrungen wirklich repräsentativ sind. Und genau deswegen war es ein Grund mehr für mich, bei diesem Thema genauer nachzufragen. Ist ein Vorspiel lästig? Wann macht es den Männern Spaß und wann nicht? Was gehört alles dazu? Und wie lang sollte es dauern? Muss es eigentlich immer im Sex enden, oder reicht einfach nur Petting aus, so wie in der Jugend?

Steffen, 39:

»Durchschnitt ist die neue Spitze.«

Ist ein Vorspiel Pflicht oder Kür?

Steffen: Uff. Ich mag Vorspiel. Also aktiv! Nicht an mir rumspielen lassen, sondern selbst kreativ und aktiv werden. Und ich kann es gar nicht leiden, wenn eine Frau den Orgasmus vortäuscht.

Merkt ein Mann es, wenn eine Frau den Orgasmus vorspielt? Blöd gefragt. (Er weiß ja gar nicht, wie oft das schon passiert ist …) Hattest du schon öfter das Gefühl, dass sie ihn vorgetäuscht hat?

Steffen: Nee, eigentlich nicht. Es kommt natürlich vor, dass sie mal keinen Orgasmus hat. Aber das merke ich dann auch, da sie gar nicht erst versucht, was vorzuspielen. Warum auch? Ist ja Käse. Und in früheren Zeiten kann ich mich jetzt nicht an einen vorgespielten Orgasmus erinnern. Vielleicht ist das auch die Gnade des Alters, dass Mann so etwas vergisst.

Es gibt Männer, die beleidigt sind, wenn eine Frau keinen Orgasmus bekommt. Zählst du dazu?

Steffen: Ja! Tödlich! Nein … Beleidigt nicht. Aber ich muss schon sagen, dass es mir echt mehr Spaß macht, sie zum Orgasmus zu bringen, als selbst zu kommen. Ich finde es toll, wenn sie auf ihre Kosten kommt. Ich genieße diesen Moment der Macht über sie, wenn ich ehrlich bin! Ich habe dann ihre Gefühle in meiner Hand.

Was denkst du, wie wichtig ein Vorspiel für den Orgasmus der Frau ist?

Steffen: Bei meiner Frau sehr wichtig!

Und allgemein? In deinem unanständigen Leben vorher? Hatten Frauen, mit denen du Sex hattest, auch mal ohne Vorspiel einen Orgasmus?

Steffen: Ja … Aber eher selten, weil es meistens ein Vorspiel gab.

Also fandest du schon immer gern Zeit dafür?

Steffen: Ja!

Wie sieht denn ein Vorspiel – ganz nach deinem Geschmack – aus?

Steffen: Es darf mit einem schönen Schaumbad beginnen, mit Kerzen und Musik. Küssen, Streicheln. Ich denke, dass ich ganz konservative Vorstellungen habe. Es geht für mich immer darum, dass man sich bewusst Zeit füreinander nimmt und die Bedürfnisse des anderen erkennt. Und die sind ja von Tag zu Tag unterschiedlich. Das macht es ja so spannend.

Bist du denn auf der anderen Seite auch ein Quickie-Typ?

Steffen: Quickie-Typ … Heavens! Du kannst Fragen fragen. Ich hab nichts gegen einen Quickie, wenn er echt spontan entsteht. Im Schwimmbad, Fahrstuhl, auf der Rathaustreppe. Wo auch immer. Aber ich lege es nicht darauf an.

Und wie lange dauert ein Vorspiel bei dir in der Regel?

Steffen: Auch das ist stimmungsabhängig. Von kurz bis sehr ausgedehnt ist alles dabei. Wobei ich die längeren mehr mag.

Redest du auch mal mit anderen Männern darüber? Weißt du da, wie es da mit dem Vorspiel aussieht?

Steffen: Ich hab gemerkt, dass ich eigentlich ein Durchschnittstyp bin. Aber! Da mittlerweile die meisten Männer durch Fantasielosigkeit abstinken, ist der Durchschnitt die neue Spitze. Das soll kein Eigenlob sein. Das ist eher eine derbe Kritik an der Männerwelt, die ihre Freundinnen, Frauen, Affären, was auch immer ziemlich vernachlässigen. Das weiß ich nicht nur durch andere Männer, sondern durch intensive Gespräche mit Frauen!

Was denkst du, sind die Männer kritikfähig in diesem Punkt?

Steffen: Das weiß ich nicht. Männer definieren sich in der Regel gerne über Sexualität. Und Kritik am Sex bedeutet wohl bei vielen Kritik an der eigenen Persönlichkeit.

Haben die Frauen, die dir davon berichtet habe, das auch den Männern kommuniziert?

Steffen: Nein! Warum? Aus Angst vor dem Thema, aus Angst, nicht ernst genommen zu werden, aus Angst, die Beziehung zu gefährden. Manche haben es nach dem Gespräch mit mir dann aber doch getan. Meistens mit Erfolg.

Dann hoffen wir mal, dass die Frauen in der Zukunft mehr Mut haben und mit ihren Männern darüber reden. Sonst haben wir bald weniger Orgasmen im Land als die DB Streiktage im Jahre 2014.

Steffen: Sex ist sowieso in Deutschland 'ne seltene Freizeitbeschäftigung. Der Schwanzvergleich unter Männern findet heutzutage unter dem Motto »neustes Handy, dickeres Auto, teurere Uhr« statt. Zumindest empfinde ich das so. Die Fähigkeit, eine Frau zu umgarnen, aufrichtige Komplimente zu machen und wirklich mal Mann zu sein, ist flöten gegangen. Gibt halt keine App dafür.

Vielleicht sollte es mal eine Gentleman-App geben.

Steffen: Oder die Männerwelt besinnt sich mal wieder auf die früheren Zeiten, als man der Lady noch Rosen schenkte und die Tür aufhielt. Und sich im Zuge eines Vorspiels viel Zeit für die Genüsse der Frau genommen hat.

David, 42:

»Das Vorspiel darf auch gern mal weggelassen werden.«

Ist ein Vorspiel wichtig für dich?

David: Ich weiß, du möchtest jetzt gern hören, dass ich es toll finde und total drauf stehe. Stimmt aber nicht.

Ist es für dich also völlig überflüssig?

David: Na ja, so nun auch nicht. Ab und an macht es ja Spaß, aber meistens dauert mir das zu lange.

Was denn genau?

David: Ich hatte mal eine Freundin, mit der war ich etwa drei Jahre zusammen, die brauchte das stundenlang, um überhaupt erst in Fahrt zu kommen. Ewiges Küssen, Streicheln, Massieren und so. Da hatte ich zum Schluss unserer Beziehung kaum noch Lust auf Sex. Ein Quickie war nie drin gewesen, und darauf stehe ich ab und zu auch mal.

Stundenlanges Vorspiel? Ernsthaft?

David: Ja. Eine Stunde mindestens. Da war mir manchmal die Lust schon vergangen, bevor meine Freundin überhaupt in Fahrt kam. Wobei ich dazusagen muss, dass Oralverkehr für mich schon zum Sex gehört und ich Blasen und Lecken nicht als Vorspiel betrachte. Ich finde, dass Oralverkehr genauso intensiv und intim ist wie Sex. Grundsätzlich ist Sex für mich all das, was mich oder sie zum Orgasmus führt.

Dann hast du aber eine sehr anspruchsvolle Exfreundin.

David: Ja. Denn beim Sex war sie genauso. Sie konnte nur durch den Geschlechtsakt zum Orgasmus kommen, also ohne klitorale Stimulation, und da waren 45 Minuten Sex noch nichts für sie. Am Anfang fand ich das total geil, und all meine Freunde sind geplatzt vor Neid, aber als wir dann einige Monate zusammen waren, ging es mir mehr und mehr auf die Nerven.

War das mit ein Trennungsgrund gewesen?

David: Ja, auch. Und weil sie ganz andere Lebenspläne hatte als ich. Sie wollte mindestens vier Kinder, ich lieber nur ein Kind und die Welt sehen. Es passte einfach nicht.

Dann ist eine Trennung unvermeidbar. Und bis heute ist dir ein Vorspiel zu langatmig?

David: Ich glaube, dass Männer schneller erregt sind und gern zum

Sex übergehen würden. Ich finde es fast eine Gemeinheit der Natur, dass Frauen dafür – aus meiner Erfahrung heraus – viel länger brauchen. Und so muss sich eben immer einer anpassen. Trotzdem genieße ich gerade mit einer Frau, die ich liebe, ein zärtliches Vorspiel. Aber es muss eben nicht immer sein.

Und wie ist es in deiner aktuellen Beziehung?

David: Da gibt es eine gesunde Mischung. Mal haben wir einen Quickie, weil wir beide nicht viel Zeit haben im Alltag. Manchmal nehmen wir uns Zeit am Abend und gehen zusammen in die Badewanne, sind zärtlich zueinander und genießen es. Dann kann es aber auch mal schnell wild werden, das mag ich. Die Abwechslung macht das Sexleben ja auch erst so richtig spannend.

Gibt es auch mal Zärtlichkeiten, ohne dass es im Sex endet?

David: Selten. Aber meine Freundin hat mal eine ganze tolle Idee gehabt. Sie hat gemerkt, dass sexuell die Luft etwas raus war. Dann hatte sie vorgeschlagen, dass wir eine sexfreie Zeit, damals waren es knapp fünf Wochen, einlegen sollten. Alles war erlaubt, nur der direkte Akt nicht. Nach drei Wochen waren wir so spitz aufeinander, dass ich es kaum ausgehalten habe. Aber das war echt spannend und hat irgendwie Spaß gemacht. Als das Datum immer näher rückte, haben wir uns immer mehr auf diese eine Nacht angeheizt. Da haben wir uns versaute Sachen per SMS geschrieben, was wir dann alles anstellen wollen, wenn es so weit ist. So etwas hatte es in den Jahren zuvor nicht mehr gegeben. Da kam wieder Spannung auf. Es war toll.

Und wie war die Nacht dann?

David: Ich hatte uns kurzerhand ein Hotelzimmer gemietet. Wir haben es in der Nacht vier Mal getrieben. Es war irre toll. Mittlerweile legen wir diese Zeit immer sechs Wochen vor unserem Jahrestag ein. So haben wir an unserem Jubiläum immer die Nacht des Jahres und erinnern uns seitdem viel intensiver auch noch Jahre später an diese Nächte. Ich kann so etwas allen Langzeitpaaren empfehlen. Es bringt neuen Schwung.

Welche Regeln habt ihr euch für diese Zeit auferlegt?

David: Kein Sex! Alles andere, also Kuscheln, Schmusen, Streicheln, Massieren und so weiter, ist erlaubt. Aber nichts, was einen selbst oder den Partner zum Orgasmus bringt.

*

Mein Fazit: Ein Vorspiel muss in der Länge und Intensität vor allem der Situation angepasst sein. Da kann man wahrscheinlich keine Zeit-Regel aufstellen. Aber eines kann ich sagen: Eine Stunde jedes Mal ist eindeutig zu viel …

Dildos, Liebeskugeln und Penisringe

Sexshops sind voll damit und die Umsätze nicht unerheblich. Toys, Gels und Co. hat wohl jeder schon mal ins Nachtschränkchen einziehen lassen. Aber was denken Männer eigentlich, wenn eine Frau den Wunsch hat, einen Dildo mit ins Bett zu nehmen? Sehen sie einen großen, prächtigen Gummipenis als Konkurrenz? Und was für Spielzeuge sind toll, welche nicht so gern gesehen hinter der Schlafzimmertür?

Männer zu diesem Thema zu befragen war auch für mich nicht so leicht, denn über Sextoys spricht man noch weniger mit anderen Menschen als über das Küssen oder die Eifersucht. Nach vielen Absagen und Neins landete ich bei zwei Männern, die damit so gar kein Problem hatten. Denn sie redeten gern und offen über diese Themen. Ihre Tabus untereinander hielten sich wohl auch deshalb in Grenzen, weil sie sich auch schon öfter eine Frau geteilt hatten. Und ich meine nicht nacheinander …

Levi, 27:

»Meine Frauen brauchen keine Sextoys.«

Paul, 26:

»Spielzeug kann den Sex bereichern.«

Wir sitzen zusammen in einem Restaurant und haben uns extra in eine Ecke gesetzt, in der wir so weit es geht außerhalb der Hörweite der andern Gäste sind. Levi hat sich ein Steak bestellt, was sehr zu ihm passt. Er ist in seiner ganzen Erscheinung sehr maskulin, stark tätowiert, und ein Salat würde vor seiner Männlichkeit irgendwie fehl am Platz wirken. Ganz anders als Paul, der eher der drahtige Typ ist und sich Pasta mit Rucola bestellt hat.

Die beiden sind schon seit vielen Jahren enge Freunde und teilen alles miteinander. Ich fühle mich mit den beiden sehr wohl, denn sie strahlen Lockerheit aus, und selbst so intime Themen wirken nicht peinlich.

Ihr habt mir schon erzählt, dass ihr euch sehr gut kennt.

Levi: Genau. Bis ins kleinste Detail, würde ich sagen.

Paul: Es gibt keine Geheimnisse oder Tabus. Und das ist auch gut so, denn wenn einer mal einen schlechten Tag hat, dann weiß der andere genau, wie er ihn wieder aufbauen kann.

Levi: Als mein Vater vor zwei Jahren gestorben ist, war ich sehr dankbar für so einen guten Freund.

Oh, das tut mir leid. Aber umso schöner, dass ihr euch kennt und vertraut. Wie sieht es denn mit den Frauen in eurem Leben aus?

Levi: Ich bin momentan Single.

Paul: Und ich habe seit vier Monaten eine Freundin. Sie versteht sich auch sehr gut mit Levi, was mir sehr wichtig ist.

Wie gut?

Levi: Nein, nein, nicht so gut. Wir haben uns zwar schon mal einen Dreier mit einer Frau gegönnt, aber feste Freundinnen sind ein klares Tabu. Ist ja klar.

Paul: Genau. So weit geht die Freundschaft dann doch nicht. Und keiner von uns würde die Freundin des anderen anfassen, das hat was mit Respekt zu tun.

Okay. Da seid ihr euch ja einig. Jetzt habe ich euch heute aber an den Tisch geholt, weil ich eure Einstellung zu Sextoys wissen möchte. Spielen die eine große Rolle in eurem Sexualleben?

Paul: Ich mag einige Sachen ganz gern, andere wiederum nicht so.
Levi: Ich bin kein Fan. Gebe ich ehrlich zu.
Paul: Und warum?
Levi: Weil ich es als störend empfinde. Dildos sind kalt, das Material ähnelt nicht mal annähernd einem echten Penis und meistens sind sie utopisch in der Größe.
Paul: Du brauchst dich aber auch nicht zu verstecken.

Interessant. Braucht er nicht? Ich meine, ihr kennt euch ja nun schon so gut durch gemeinsame Nächte mit Frauen.
Paul: Die kann man aber in den ganzen Jahren an einer Hand abzählen. Aber seine Abneigung gegen Dildos liegt bestimmt nicht an mangelnder Größe.
Levi: Hallo? Ich sitze auch noch hier, während ihr mein Genital bewertet.

Ich kann das ja nicht wirklich beurteilen …
Levi: Als Konkurrenz sehe ich so ein Ding nicht, nein. Aber es stört mich irgendwie. Wenn Paul mit dabei war, dann fand ich ihn überhaupt nicht störend. Da hängen ja noch Hände dran, also eine ganze Person mit allem, was dazugehört. Bei einem Sextoy fehlt mir die Individualität.
Paul: Gut, da ist was dran.

Und welche Sextoys hast du schon so ausprobiert, Paul?
Paul: Kleine Vibratoren. Ich hatte mal eine längere Beziehung, da verging kein Sex, ohne dass sie dabei in die Schublade griff und sich ihren kleinen Freund holte. Sie kam nur so zum Höhepunkt.
Levi: Und das hat dich nicht gestört?
Paul: Na ja, am Anfang war es schon komisch. Gerade, weil sie es gleich vom ersten Sex an machte. Aber ich hatte mich schnell daran gewöhnt, und wenn ich ehrlich bin, hat mich beim Sex diese latente Vibration zusätzlich stimuliert.

Das wäre nämlich meine nächste Frage gewesen. Fühlt ihr das?

Paul: Wenn sie ihn am Kitzler anwendet und ich in ihr bin, klar. Und ich fand es nicht unangenehm. Meine jetzige Freundin mag das allerdings nicht.

Sextoys allgemein? Oder nur Vibratoren nicht?

Paul: Allgemein steht sie nicht so auf Spielzeug. Wir gehen nur in den Sexshop, um Gleitgel zu kaufen. Und vielleicht nehmen wir auch mal ein Massageöl mit.

Levi: Gleitgel ist eine tolle Sache. Das benutze ich auch gern. Man möchte ja, dass es der Frau von Anfang an gefällt.

Schon mal Analketten ausprobiert?

Levi: Bei mir? Nein. Aber vor wenigen Monaten hatte eine Affäre von mir einen Analstöpsel unterm Bett liegen. Als ich sie fragte, wann sie den benutzt, erzählte sie mir von ihrer Analsexvorliebe. Und damit bereitet sie sich darauf vor.

Paul: Und? Hast du gleich mal hinten eingelocht?

Levi: Nein. Irgendwie meinte sie, dass sie das nur in einer festen Beziehung macht. Sie muss dem Mann dazu vertrauen und ihm sehr nahe stehen. Wir waren ja nur wenige Male zusammen im Bett.

Ist Analsex bei euch überhaupt ein Thema?

Levi: Ich denke, dass jeder Mann davon träumt. Aber nur sehr wenige Frauen sind offen dafür.

Paul: Offen! *(Er lacht so laut auf, dass alle Gäste sich zu uns umdrehen.)*

... pssst. Das ist ja auch ein anderes Thema. Hat einer von euch schon mal einen Cockring getragen?

Levi: Ich nicht.

Paul: Ich schon. Ich war mal im Kit Kat Club in Berlin, und da hatte ich mir für diesen Abend mal einen gekauft.

Levi: Und?

Paul: Ja, ist ganz nett. Aber ich habe immer das Gefühl, dass es vor allem für Männer geeignet ist, die Erektionsprobleme haben. Bei denen der Penis nicht komplett steif wird oder zwischendurch erschlafft.

Levi: Obwohl ich mal gesehen habe, dass es Cockringe mit einer kleinen vibrierenden Kugel dran gibt. Der soll den Kitzler der Frau massieren. Das würde ich mal ausprobieren, wenn ich eine feste Freundin habe.

Paul: Right. Das probiere ich bestimmt auch mal aus.

*

Mein Fazit: Sextoys können durchaus Lust steigernd sein, für beide! Hier heißt die Devise: Testen. Gerade in längeren Beziehungen sollte man sich als Paar mal Zeit nehmen und in einen Sexshop gehen. Das gemeinsame Aussuchen und Reden darüber macht viel Vorfreude auf die Tests zu Hause.

Romantik vs. Spontanität

Kerzenschein, Kaminfeuer, Schafsfell, Erdbeeren und Eiswürfel. So sieht wohl eine der vielen romantischen Fantasien für eine Liebesnacht aus. Spontaner Sex hingegen sollte sich als Klassiker im Fahrstuhl ergeben, im Auto auf einem Parkplatz oder im Treppenhaus, weil man es vor Geilheit nicht mehr bis in die Wohnung schafft.

Wenn Frauen die Wahl hätten, ist klar, wofür sich die Masse entscheiden würde. Aber ist das bei Männern auch so? Was ist ihnen lieber? Was verstehen sie unter Romantik? Und wie viel davon ist okay?

Uwe, 36 & Jesse, 41:
»Spontanität!«

Wir treffen uns in einem Biergarten, es ist ein sehr warmer Sommertag, und ich bin gespannt, was mir die beiden Männer zum Thema Romantik und Spontanität im Bett erzählen werden. Als ich Jesse um dieses Treffen gebeten hatte und ihm kurz erzählte, worum es geht, schlug er sofort Uwe als möglichen Gesprächspartner vor. Uwe und Jesse kennen sich aus einer ganz ungewöhnlichen Situation. Halten Sie sich fest! Uwe war ein One-Night-Stand von Jesses Frau.

Ein heikles Thema, welches aber für beide keines mehr ist. Mittlerweile sind sie gute Freunde, die Frau spielt aber im Leben beider keine Rolle mehr. »Manchmal müssen Männer eben einfach zusammenhalten«, hatte Jesse mir dazu mal gesagt. Beide haben neue Partnerinnen, und diesmal ist es nicht dieselbe.

Romantik oder Spontanität?
Jesse: Spontanität.
Uwe: Spontanität.

Oh, ihr seid euch ja einig.
Jesse: Ich glaube, es ist für viele Männer ein Wunsch, bedeutend öfter überraschenden Sex zu haben.
Uwe: Ganz genau. Wenn ich mit meiner Partnerin allein zu Hause bin und das Licht gedimmt wird, ist doch abzusehen, worauf es hinausläuft.

Und das ist für Männer dann zu wenig spannend?
Jesse: Nein, so nun auch nicht. Aber ich denke, dass spontaner Sex den prickelndsten Break im Alltag mit sich bringt. Auf der anderen Seite finde ich es auch sehr erotisch, wenn man sich auf einen schönen Abend mit der Liebsten vorbereitet und die Lust aufeinander langsam ansteigt.
Uwe: Die Mischung macht es wohl. Gerade in einer Partnerschaft sollte es nicht zu einseitig werden.
Jesse: Aber mehr Richtung Spontanität und Quickie darf es gern sein.
Uwe: Für mich eher in die andere Richtung. Ich habe nichts dagegen, wenn man Sex auch mal plant. Im Alltag bin ich oft so gestresst und unter Strom, dass ich in der Woche abends völlig erledigt ins Bett falle. Da möchte ich manchmal einfach keinen Sex mehr haben. Und wenn man weiß, dass am Samstag die Kinder nicht da sind und man sich extra nicht mit Freunden verabredet, weil man zusammen die Zeit genießen möchte, dann finde ich das toll. Da freut man sich noch mehr aufs Wochenende und kommt

sogar mal wieder dazu, richtig miteinander zu reden und sich miteinander zu beschäftigen.

Wie oft kommt das in deiner momentanen Beziehung vor?

Uwe: Mindestens alle sechs Wochen. Da ist auch mal wieder Zeit für ein Vorspiel, gemeinsames Duschen und eine Massage. Wer schafft das denn im normalen Alltag noch?

Das stimmt, dafür ist meistens wirklich zu wenig Zeit …

Jesse: So hatte ich das noch gar nicht gesehen. Aber ich finde es auch ziemlich geil, wenn meine Freundin eigentlich zum Bus muss und ich sie noch schnell an der Garderobe nehme, bevor sie aus der Tür stürmt. Es muss ja auch nicht immer bis zum Orgasmus gehen.

Uwe: Kannst du da vorher aufhören?

Das interessiert mich jetzt auch mal.

Jesse: Klar. Und dann schreibt sie mir im Bus, wenn sie endlich sitzt, noch mit zitternden Knien, dass wir die Session am Abend fortsetzen. So was macht mich dann den ganzen Tag heiß.

Uwe: Ach deswegen bist du manchmal so hibbelig.

Jesse: Kann schon sein. Ich erzähle es dir das nächste Mal gern, wenn du mal wieder so einen Tag erwischt hast, wenn wir uns sehen.

Uwe: Ich bitte darum.

Seht ihr, schon deswegen ist dieses Gespräch heute so gut. Da tauscht man sich auch mal über solche Themen aus.

Uwe: Sonst reden wir auch eigentlich nicht über Sex.

Jesse: Eigentlich machen Männer das eher mit sich aus. Sie reden eigentlich nur über Sex, wenn es etwas anzugeben gibt.

Und wie entwickelt sich so etwas in einer sehr langen Beziehung?

Uwe: Da musst du Jesse fragen, meine Beziehungen waren dafür wohl alle zu kurz.

Jesse: Ich finde, dass der Sex in den ersten fünf Jahren einer Beziehung super ist. Dann kommen zwei Jahre, die ganz nett sind. Und dann ist alles nur noch Routine, da sind Romantik sowie Spontanität sehr, sehr selten. Deswegen sollte man etwas für sein Liebesleben tun, das läuft nicht von selbst. Das habe ich aus der Vergangenheit gelernt.

*

Mein Fazit: Spontaner Sex scheint bei vielen Männern höher im Trend zu liegen als der romantische Kaminabend. Der unverhoffte Sex ist eine willkommene Unterbrechung des Alltags. Ich denke, Frauen geht es da ganz genauso. Keiner möchte nur Quickies im Auto und auf dem Küchentisch. Und keiner möchte seine Lust ständig romantisch mit Kerzenschein und langen Streicheleinheiten auswalzen. Sonst wäre es auf Dauer auch etwas langweilig, oder?

KAPITEL 3

DER SEX

Erogene Zonen 2.0

Ist einzig das Genital des Mannes mit Lustempfinden gleichzusetzen? Das ist eigentlich die Kernfrage, die ich zu diesem Punkt habe. In der Folge werde ich auch nur ein Interview aufführen. Warum? Alle Männer, die ich dazu befragt habe, gaben im Grunde dieselben Antworten. Also scheint die Meinung von David für die Meinung von sehr vielen Männern zu stehen. Wer hätte das gedacht …

David, 42:
»Wir haben nicht nur einen Penis!«

Viele Frauen rätseln, wo Männer gern berührt werden wollen und wo nicht. Bitte kläre uns auf.

David: Also wenn du auf den Intimbereich zu sprechen kommen möchtest, dann kann ich dir sagen, dass Männer dort natürlich gern angefasst und liebkost werden. Aber nicht nur!

Das ist schon klar, denn da spielt sich ja auch das Wesentlichste ab.

David: Aber eben nicht nur!

Sondern wo noch?

David: Ich bin besonders empfindlich an den Ohren. Da bekomme ich am ganzen Körper Gänsehaut. Und wenn meine Partnerin Sex möchte, dann fängt sie dort an. Das ist wie ein Sex-Start-Knopf für meinen Körper.

Interessant! Gibt es noch irgendwo so einen Knopf bei dir?

David: Der Knopf ist nur da. Aber am Hals, an den Brustwarzen und an den inneren Oberarmen bin ich natürlich auch sehr empfindlich.

Würdest du es als erogene Zonen betrachten?

David: Ja, absolut. Ich finde es übrigens auch sehr schwer, diese bei den Frauen zu finden. Da mag jede etwas anderes. Das kann echt deprimierend sein. Jetzt habe ich zwar eine feste Partnerin, aber früher war es schon ernüchternd: Da denkt man, dass man etwas gut kann, und dann kommt die nächste und hasst es. Fürchterlich.

Meinst du, dass ihr Männer da anders seid?

David: Ja, schon. Wir sind da viel unkomplizierter. Ich behaupte, dass man bei einem Mann nicht viel falsch machen kann. Bei Frauen reicht manchmal eine falsche Stelle mit dem falschen Druck, dann ist ihre Stimmung hinüber.

Und bei Männern nicht? War bei dir nicht schon mal die Stimmung im Arsch?

David: Eigentlich nur, wenn es früher mal Probleme mit dem Kondom gab. Sonst eher selten. Jedenfalls turnt mich keine Kleinigkeit ab.

Und ist es jeden Tag gleich?

David: Nein, natürlich nicht. An manchen Tagen kann ich es kaum aushalten, wenn meine Partnerin meine Ohren liebkost, weil ich so empfindlich bin. An anderen Tagen bin ich viel weniger dadurch aus der Ruhe zu bringen. Da fällt mir gerade noch ein, dass mein Bauchnabel und nach dem Sex mein Rücken extrem gefühlsintensiv sind. Nach dem Sex darf meine Partnerin meinen Rücken kaum anfassen.

Mein Fazit: Männer bestehen im Bett tatsächlich aus mehr als nur einem steifen Penis. Gut, das wussten wir schon vorher. Aber bei dem eigenen Partner auf die Suche nach den erogenen Zonen zu gehen ist spannend und anregend zugleich. Vielleicht macht er es Ihnen darauf gleich nach …

Muss es immer Kamasutra sein?

Ob Doggystyle, Löffelchen oder Missionarsstellung, die Bandbreite der möglichen Stellungen ist enorm. Aber muss es wirklich immer das ganze Kamasutra-Register sein, um guten und abwechslungsreichen Sex zu haben? Welche Stellungen mögen vor allem die Männer? Was turnt sie an und welche Stellung lässt sie eher kalt?

Dazu sitze ich noch immer im Restaurant mit den beiden Freunden Paul und Levi, die jetzt mit vollen Bäuchen einen Espresso bestellt haben …

Levi, 27:
»Doggystyle und Reiterstellung finde ich am geilsten.«

Paul, 26:
»Kommt auf die Beziehung an, die ich mit der Frau habe.«

Nachdem ich jetzt eure Einstellung zum Thema Sextoys kenne, möchte ich gern über das Thema Stellungen mit euch sprechen. Paul, hast du eine Lieblingsstellung?

Paul: Das hängt bei mir davon ab, wie nahe mir die Frau steht. Wenn ich mich an meine One-Night-Stands erinnere, dann habe ich sie meistens von hinten genommen, oder sie haben mich geritten.

Und mit einer festen Freundin?

Paul: Liebe ich die Missionarsstellung. Ich finde sie sehr intim.

Levi: Hä? Was?
Paul: War ja klar, dass du das nicht verstehst. Für dich ist Sex gleich Sex. Für mich nicht. Bei der Missionarsstellung können wir uns dabei innig küssen, ich kann ihr Gesicht dabei beobachten und so weiter. Das alles – entschuldige die Direktheit – interessiert mich bei einer Affäre oder einem Abenteuer einen Scheiß. Da geht es nicht um gefühlvollen Sex, sondern um den Trieb.
Levi: Gut, das kann ich schon verstehen. Aber ich persönlich mag die Missionarsstellung nur sehr selten.

Wie magst du es denn?
Levi: Wenn ich eine Rangliste aufstellen dürfte, wäre Doggystyle ganz vorn.
Paul: Liegt wahrscheinlich daran, dass du Arschfetischist bist.

Ach, ja?
Levi: Ein praller und runder Arsch turnt mich einfach total an. Und die Perspektive, die ich beim Doggystyle habe, ist genau mein Ding.

Und bei dir, Paul?
Paul: Ich mag die Stellung auch mal, aber nicht zu lange. Zum Ende hin finde ich sie ganz gut, da brauche ich auch nicht mehr lange bis zum Orgasmus. Anturnend scheint sie also für mich zu sein. Ich brauche sie aber nicht jedes Mal.
Levi: Ich schon.

Welche Stellung wäre bei dir auf Platz 2, Levi?
Paul: Lass mich raten: Reiterstellung.
Levi: Genau. Obwohl ich da auch manchmal aufpassen muss, denn ich kann meinen Orgasmus schwer kontrollieren, wenn eine Frau auf mir sitzt, die sehr wild ist.
Paul: Oh ja, das kenne ich. Meine Freundin ist so eine.

Levi: Echt? Das hast du mir ja noch gar nicht erzählt. Ich glaube, wir müssen sie uns doch mal teilen.
Paul: Niemals.
Levi: War ja auch nur ein Spaß. Aber ich finde, dass nicht alle Frauen den Dreh beim Reiten raushaben.

Gibt es da etwa große Unterschiede?
Paul: Ja, auf jeden Fall. Nicht jede Frau ist so beweglich in der Hüfte, dass es sich wie ein »Tanz auf meinem Schwanz« anfühlt.
Levi: Paul, das hast du aber gut auf den Punkt gebracht.

Also hängt ein guter »Ritt« mit der Beweglichkeit einer Frau zusammen?
Paul: Auch, ja. Und damit, wie sehr sie sich gehen lassen kann.
Levi: Stimmt. Das ist auch mal eine Botschaft, die du mit diesem Buch an die Frauen bringen musst.

Welche?
Levi: Dass Frauen sich mal locker machen müssen beim Sex.
Paul: Sehr gut! Das wollte ich auch sagen.

Da müsst ihr jetzt bitte mal genauer drauf eingehen.
Levi: Wenn ich mit einer Frau im Bett lande oder sogar mit ihr zusammen bin, dann sollte sie nicht ständig versuchen, sich in die perfekte Position zu bringen. Gerade beim Stellungswechsel merke ich, dass Frauen erst mal kontrollieren, welches Röllchen oder welche Delle jetzt in meinem Blickwinkel sein könnte. Dabei sollten sie an das tolle Gefühl zwischen den Schenkeln denken.

Ihr seid nicht die Ersten, von denen ich das höre …
Paul: Ich wette, wenn Frauen sich genauso auf ihren Orgasmus konzentrieren würden wie auf ihre Makel, dann wären die Frauen glücklicher.

Levi: Genau. Außerdem kann man einen vermeintlichen Makel nicht wegkrampfen. Wenn er da ist, ist er da. Fertig. Aber Frauen werten sich selbst ständig mit ihrer körperlichen Unzufriedenheit ab, da kann ich als Mann auch nicht ständig denken, dass sie eine tolle Frau ist. So, jetzt ist es raus.

Luca, 33:
»Ein guter Ritt ist der Traum eines jeden Mannes.«

Hast du eine Lieblingsstellung?
Luca: Reiterstellung.

Weil du da genießen kannst und die Frau sich nimmt, was sie will?
Luca: Ja, das spielt auf jeden Fall auch mit rein. Ich mag aber auch die Perspektive sehr gern, die ich dann auf die Frau habe. Und das Gefühl, dass sie die Macht hat.

Wie oft kommt es vor, dass eine Frau reiten möchte?
Luca: Eigentlich häufig. Viele kommen in dieser Stellung auch am einfachsten zum Orgasmus, weil wir beide mit den Fingern zusätzlich stimulieren können. Ich finde aber, dass nicht jede Frau gut reiten kann. Ohne Rhythmusgefühl kann es auch schnell unangenehm werden. Da habe ich mich manchmal richtig durchgeschüttelt gefühlt. Und eine Frau sollte wissen, wie ein Penis funktioniert. Überdehnen oder gar abknicken sollte man ihn nicht. Ist mir auch alles schon passiert.

Erzähl!
Luca: Ja, ich hatte mal eine, die ihn geritten hat wie beim Rodeo. Dumm nur, dass sie es so übertrieben hat, dass mein kleiner

Freund weggeknickt ist. Mein Penis hatte richtig blaue Stellen und hat tagelang wehgetan.

Hauptsache, jetzt funktioniert wieder alles …
Luca: Und wie.

Missionarsstellung?
Luca: Sehr schön und intim. Ich mag sie gern.

Von hinten?
Luca: Mag ich auch mal ganz gern. Obwohl ich anmerken möchte, dass auch Frauen in der Poporitze Haare wachsen. Bitte auch da rasieren. Ein schwarzer Streifen gehört maximal auf den Venushügel.

Löffelchen?
Luca: Ich mag es am Morgen, wenn man den anderen wegen des Mundgeruchs am Morgen lieber noch nicht küssen möchte. Und ich kann dabei so schön ihre Brüste massieren und sie von hinten in den Arm nehmen. I love it.

Im Stehen?
Luca: Für einen Quickie an einem ungewöhnlichen Ort ganz toll. Aber ich habe die Erfahrung gemacht, dass es von der Größe her kompliziert ist.

Reiterstellung, in der du ihren Rücken siehst?
Luca: Toll. Aber nur wenige Frauen können das gut. Ich hatte mal eine, die konnte sich so bewegen, dass sie dabei ihren G-Punkt stimuliert hat. Einige Male hatte sie dabei sogar eine weibliche Ejakulation. Eine tolle Erfahrung für jeden Mann.

Sie auf einem Tisch und du stehend vor ihr?

Luca: Wahnsinnig toll. Sehr sinnlich. Ich glaube, es gibt wenige Stellungen, die ein Mann nicht mag.

*

Mein Fazit: Es bedarf keiner utopischen Gelenkigkeit, um guten Sex zu haben. Männer lieben die gängigsten Stellungen ebenso wie Frauen. Das Kamasutra-Buch darf gern im Schrank bleiben.

HIV, Herpes und Tripper

»Ich fühle mit einem Gummi einfach nichts«, »Ich habe eine Latexallergie« oder »Das turnt mich total ab«. Glaubt man der allgemeinen Meinung, dann nehmen es die Männer nicht ganz so genau mit der schützenden Schicht Latex. Aber ist das nur ein veraltetes Klischee oder noch Realität in Zeiten der Aufklärung über HIV, massenhafter Vaterschaftstests und Tripper? Und welche Erfahrungen haben Männer in diesem Punkt mit Frauen gesammelt? Gab es vielleicht sogar mal eine brenzlige Situation, weil das Kondom »vergessen« wurde?

In meinem entfernten Bekanntenkreis kenne ich leider einen HIV-positiven Fall, weil der feste Partner bei einem Auswärts-Schäferstündchen nicht verhütet hatte.

Die heutige Jugend weiß zwar um das brisante Thema, denkt sich aber oft: Mir wird das schon nicht passieren. Das bekommen nur die anderen … Aber haben die Menschen, die sich – mit welcher Krankheit auch immer – angesteckt haben, es vorher erwartet? Wohl kaum.

Das Thema Vaterschaft ist natürlich auch nicht weniger brisant. Kinder sind etwas ganz Tolles, keine Frage. Aber ich finde, dass ein gemeinsames Kind die Entscheidung von zwei sich liebenden Menschen sein sollte. Doch dank *Brit*, *Vera am Mittag* und Co. kam man nicht umhin, viele Vaterschaftstests und kleine Schicksale mitzuverfolgen, die vor allem die Kinder belasten. Und all das nur, weil diese zehn Sekunden – Übung macht den Meister – außen vor gelassen wurden.

Martin, 22:
»Viele Frauen wollten schon ohne Verhütung mit mir schlafen.«

Wie handhabst du das Thema, als ewiger Single und bekennender Abenteuermann?

Martin: Kondom ist Pflicht. Dabei gibt es auch keine Ausnahmeregelung. Da könnten sich sogar fünf Frauen auf mich stürzen, ich würde ohne Kondom das Spiel nicht mitmachen.

Vorbildlich. War das schon immer so?

Martin: Ja, es ist mir einmal passiert, dass ich keins hatte. Da war ich, glaube ich, 16 oder 17 Jahre alt. Trotzdem habe ich mit ihr geschlafen. Das Gefühl war echt schön und blöd zugleich. Denn sie war mir fremd und ich ihr natürlich auch. Da habe ich mir vor allem im Nachhinein Gedanken über mögliche Folgen gemacht. Und das war dann viel schlimmer als der verhältnismäßig schöne kurze Moment. Daher kam mir die Erleuchtung, dass ein Kondom Pflicht ist, und ich habe immer eins in der Hosentasche.

Gab es denn schon andere Frauen, die darauf verzichtet hätten?

Martin: Jup. Krankes Volk …

Wovor hast du denn am meisten Angst? Intimblumenkohl?

Martin: Ich wüsste nicht, was schlimmer wäre. Ob HIV oder eine Vaterschaft. Ein Kind verbindet zwei Menschen für das ganze Leben, die Bindung ist stärker als jede Ehe. Diese Frau in meinem Leben möchte ich mir bewusster aussuchen als einen One-Night-Stand.

Hattest du denn schon mal Freunde, die sich da was eingefangen haben oder gar Vater geworden sind?

Martin: Nein, soweit ich weiß, hat es jeder geschafft, vorher in den Safety-Modus zu schalten. Aber ich hab natürlich schon Geschichten gehört von Freunden, die das Kondom einfach mal im Alkoholrausch vergessen hatten. Nach meinen Informationen aber ohne Folgen. Aber mal unter uns: Würde ich an ihrer Stelle mit Tripper oder Feigwarzen hausieren gehen? Wohl kaum.

Und wie würdest du es mit einer Frau handhaben, mit der du ohne Gummi schlafen willst? Also idealerweise mit einer Freundin, wenn du mal eine haben solltest?
Martin: Ganz ehrlich, am liebsten wäre mir der HIV-Test vorher.

Okay. Da gehst du aber auf Nummer sicher.
Martin: Klar. Ich habe ja auch nur diesen einen Körper. Es könnte aber auch sein, dass sie dann sagt: »Vertraust du mir nicht?«

Die Frage ist aber auch, ob man den Sexualpartnern vorher trauen konnte. Und in einer festen Partnerschaft würdest du die Pille bevorzugen?
Martin: Ja, würde ich mehr als gut finden.

Würdest du dich dann an den Kosten beteiligen? Du würdest eine Menge Gummis sparen, bei deinem Verbrauch, nur mal so unter uns …
Martin: Klar, ich würde mich auch an den Kosten beteiligen.

Was wäre denn, wenn das Kondom mal reißen würde bei einem One-Night-Stand?
Martin: Ich würde mir am liebsten diese Zeitspanne wegtrinken. Mich ersticken, oder zu einem Hypnotiseur gehen, der mir diesen Tag aus meinem Leben streicht.

Schon blöd, wenn du dich an die Zeugung deines Kindes nicht erinnern könntest. Und wenn danach der Blumenkohl wächst? Da hilft auch keine Hypnose mehr … Mal im Ernst: Es kann nie eine Frau ankommen und sagen, dass sie schwanger von dir ist. Oder?

Martin: Richtig. Aber ich habe auch wenig Lust auf Sex, wenn ich den ganzen Tag daran denken würde, was alles passieren kann.

Stimmt. Und diese Lust wollen wir dir mal nicht wegreden ... Und jetzt: Viel Spaß! (Während unseres Gesprächs hatte es nämlich an seiner Wohnungstür geklingelt und eine junge Dame kam. Und diese hat sich gleich nach der Begrüßung in weiser Voraussicht unter die Dusche begeben ...)

Tim, 35:
»Beide sind in der Verantwortung. Aber in Beziehungen bleibt sie meistens bei der Frau hängen.«

Was fällt dir zum Thema Verhütung sofort ein?
Tim: Natürlich denke ich zuerst an Kondome. Die sollten heutzutage selbstredend sein und eigentlich kein Thema mehr darstellen. Vor allem, wenn man wechselnde Sexualpartner hat.

Ist es denn in der Realität auch so?
Tim: Ja, bei mir schon. Aber von vielen Kumpels habe ich schon gehört, dass sie es hin und wieder auch ohne Gummi machen. Da schaltet sich der Verstand manchmal anscheinend aus.

Und wann wollen sie es lieber ohne machen?
Tim: Meistens mit Frauen, die sie öfter im Bett haben, wie Affären und Freundschaft-plus-Frauen. Bei einmaligen Abenteuern sorgen sie meistens lieber selbst für die Verhütung. Da hat man einfach schon zu oft vom unverhofften Vaterglück oder Krankheitsfällen gehört.

Das kann aber auch bei Affären passieren.
Tim: Ja, klar. Aber meistens denken sie, dass sie die Frau kennen und ihnen vertrauen können, wenn sie erzählen, dass sie die

Pille nehmen zum Beispiel. Ich persönlich habe das nie gemacht. Dafür bin ich wahrscheinlich ein zu großer Kontrollfreak, um die Verantwortung allein an die Frau abzugeben. Nur in festen Beziehungen habe ich das Kondom weggelassen.

Fühlt es sich mit einem Kondom wirklich so anders an?

Tim: Es ist, wie mit einem Spülhandschuh abzuwaschen. Man kann den Teller zwar greifen, spürt aber die feinen Verkrustungen nicht.

Also geht es um das verminderte Gefühl und nicht um die Unterbrechnung?

Tim: Klar. Der kurze Moment des Überziehens ist nicht der Lustkiller, sondern die geminderte Intensität beim Sex. Manchmal wird er sogar wieder ganz schlaff. Das passiert schon mal.

Ist in deinem Umfeld schon mal was Gravierendes durch mangelnde Verhütung passiert?

Tim: Ja, ein Freund von mir hatte mal einen One-Night-Stand mit einer Frau, die ihm schon länger schöne Augen gemacht hatte. Für ihn war gleich klar gewesen, dass es nur eine einzige Nacht sein würde. Sie sah das wohl nicht ein und versuchte alles, um ihn an sich zu binden. Erst soll sie schwanger gewesen sein, und als rauskam, dass sie es nicht war, soll sie angeblich von ihm eine Krankheit bekommen haben. Und das alles nur, um mit ihm im Kontakt bleiben zu können. Ich denke, er hat viel daraus gelernt. Und ehrlich gesagt, wir alle in seinem Umfeld.

Das ist krass.

Tim: Ja. Dann habe ich noch einen Freund, der im medizinischen Bereich arbeitet. Er muss deswegen regelmäßig Bluttests machen. Diesen hat er immer dabei und zeigt ihn den Frauen, mit denen er Sex haben will, als Alibi sozusagen, um ungeschützten Sex zu haben. Er selbst sagt, dass er Kondome hasst und Sex nur ohne genießen kann.

Und das klappt?
Tim: Ja, sehr oft sogar, seinen Erzählungen nach.

Aber die Frauen können doch auch Krankheiten haben? Es trägt doch nicht jede von ihnen ebenfalls einen Test mit sich rum.
Tim: Richtig. Aber so weit denkt er anscheinend nicht. Manchmal habe ich das Gefühl, dass er sich zu gut auf die Medizin verlässt. Ganz nach dem Motto: Dann nehme ich eben eine Pille.

Da braucht man sich nicht zu wundern, dass sich Krankheiten noch heute so verbreiten können.
Tim: Genau. Der Bluttest deckt ja nur die krassesten Krankheiten ab. Tripper, Genitalherpes, Chlamydien und Pilze können sich so fein vermehren, bis der Betroffene diese bemerkt und behandelt.

Da will man gar nicht drüber nachdenken.
Tim: Ja. Aber solange sich das nicht ändert, werden die Ärzte genug damit zu tun haben.

Und wie ist es in einer festen Beziehung?
Tim: Ich habe immer einen Test gemacht, in bestimmten Abständen. Auch als Single. Einfach, weil man ja auch mal was getrunken hat und nicht mehr alle Details einer Nacht im Kopf hat. Zur Sicherheit einfach. Außerdem gibt es auch Risiken durch Oralverkehr etc. Und wenn ich mit einer Frau zusammengekommen bin, habe ich schon den Anstoß zu einem gemeinsamen Test gegeben. Wobei es auch nicht immer dazu gekommen ist. Einfach das Gespräch darüber hat gutgetan. So lernt man die Einstellung des neuen Partners kennen, über diese Themen zu reden ist in einer Beziehung wichtig.

Und wenn ihr es dann ohne Gummi gemacht habt, wie habt ihr dann verhütet?

Tim: Mit der Pille. Ich bin ehrlich, in einer Partnerschaft trägt meistens die Frau die Verantwortung für die Verhütung. Ich finde es blöd, dass wir auf den Mond fliegen können und Krebs heilen können, aber keine Pille für den Mann haben. 2011 wurde – meines Wissens – die Forschung daran eingestellt.

Würdest du sie nehmen, wenn es die Pille für den Mann gäbe?

Tim: Ich denke, ja. Vor allem in einer langen Partnerschaft könnte man sich so die Verantwortung teilen. Frauen haben mit der Pille ja auch viele Hormone im Körper, über Jahre hinweg. Eine Pause wäre sicherlich nicht schlecht. Und wir Männer könnten uns dafür auch mal erkenntlich zeigen.

Vorbildlich. Meinst du, dass viele Männer so denken?

Tim: Ich denke schon. Vor allem, wenn man seine Freundin oder Frau wirklich liebt, würde man ihr diese Verantwortung gern mal abnehmen.

Aber wenn die Forschungen wirklich eingestellt wurden, werden Frauen weiterhin diese Aufgaben übernehmen müssen. Wenn Männer die Geburtsschmerzen übernehmen könnten, würden es wohl auch nur wenige tun, denke ich.

Tim: In diesem Punkt hat sich die Natur wohl nicht umsonst die Frauen ausgesucht. Da sollte man lieber nicht eingreifen, denke ich.

*

Mein Fazit: Verhütung geht beide etwas an. Männer sehen das ganz genauso. Und das ist auch gut so, denn eine diesbezügliche Panne baden immer beide aus.

Kopf(sex)kino

Sexuelle Fantasien begleiten uns wohl alle. Mich interessieren besonders die ganz geheimen Gedanken der Männer. Und wann wird eine Fantasie überhaupt zu einem Wunsch? – Wird sie es überhaupt? Oder reicht es, sich manche Szenarien nur vorzustellen?

Diese Fragen habe ich an ganz viele Männer gerichtet, weil da jeder Mann verschiedene Fantasien hat. Lassen Sie uns gemeinsam in die Gedankenwelt der Männer abtauchen …

Samuel, 30

Deine Top Drei der erotischen Fantasien?

Samuel: 1. Ein Dreier mit zwei Frauen. Beide kennen sich nicht und kümmern sich nur um mich. Und ich darf bestimmen, wann sie sich gegenseitig anfassen dürfen. 2. Einen Gangbang. Sex mit einer Frau zu haben, die von Männern nicht genug kriegen kann. 3. Sex mit einer brasilianischen Schönheit mit rundem Po.

Möchtest du, dass diese Fantasien mal Wirklichkeit werden?

Samuel: Ich glaube nicht. Dieses Kopfkino bringt mir so viel Spaß, dass ich Angst hätte, dass es das danach nicht mehr tut. Und ich glaube, dass es in der Fantasie viel schöner ist.

David, 42

Deine Top Drei der erotischen Fantasien?

David: Eigentlich habe ich nur eine große Fantasie. Sex mit einer völlig Unbekannten. Sie kennt meinen Namen nicht, ich ihren auch nicht. Wir haben uns nur gesehen und gehen dann zusammen an einen ruhigen Ort, ohne miteinander zu reden. Wir fallen übereinander her und gehen danach getrennter Wege, als wäre nichts gewesen.

Möchtest du, dass diese Fantasie mal Wirklichkeit wird?

David: Ich habe eine feste Freundin, da würde ich sie nicht wahr werden lassen. Sonst schon, klar.

Levi, 27

Deine Top Drei der erotischen Fantasien?

Levi: 1. Gruppensex mit mindestens sechs Paaren. Nicht zu wissen, welche Hand von wem ist. Geil. 2. Eine Frau, die sich mir völlig ausliefert und die es anturnt, mir und meinen Anweisungen zu folgen, egal was es ist. 3. Einen Dreier mit zwei Frauen in einem Whirlpool.

Möchtest du, dass diese Fantasien mal Wirklichkeit werden?

Levi: Klar. Alle.

Paul, 26

Deine Top Drei der erotischen Fantasien?

Paul: Meine Top drei setzt sich zu einer großen Fantasie zusammen. Ich beobachte zwei Freundinnen, wie sie es sich gegenseitig besorgen. Dann entdecken sie mich und holen mich dazu, fesseln mich und machen erst miteinander weiter, ohne mich zu berühren. Erst dann widmen sie sich mir.

Möchtest du, dass diese Fantasie mal Wirklichkeit wird?

Paul: Ich weiß nicht, ob es dann genauso wäre wie in meinen Gedanken. Ich schätze, dass es in meinem Kopf am schönsten ist. Würde sich die Situation aber ergeben, würde ich natürlich nicht Nein sagen.

Viktor, 34

Deine Top Drei der erotischen Fantasien?

Viktor: 1. Eine Domina auszuprobieren. 2. Sex in einer Kirche im Beichtstuhl. 3. Sex mit zwei Exfreundinnen von mir.

Möchtest du, dass diese Fantasien mal Wirklichkeit werden?

Viktor: Ich weiß nicht, ob ich in diesem Moment den Mumm dazu hätte. Aber versuchen würde ich es, lege es aber nicht darauf an.

Tim, 35

Deine Top Drei der erotischen Fantasien?

Tim: Da gibt's nur zwei. Sex mit einer Autorin … Nein, Spaß. Einmal Sex mit einer älteren Frau, vielleicht so zehn Jahre älter als ich. Und dann habe ich die Fantasie, dass ich spontan Sex mit einem anderen Paar habe. Aber ohne, dass er und ich etwas miteinander machen.

Möchtest du, dass diese Fantasien mal Wirklichkeit werden?

Tim: Ja!

Jim, 44

Deine Top Drei der erotischen Fantasien?

Jim: Ich habe kaum Fantasien, muss ich sagen. Ich habe vielmehr Erinnerungen im Kopf, die ich mir abrufe. Aber ich denke, dass sie mit jedem Mal etwas mehr von mir geschönt werden.

Welche sind das?

Jim: Eine Situation mit zwei Frauen zum Beispiel. Mehr verrate ich nicht.

*

Mein Fazit: Fantasien sind gut und wichtig, das gilt auch für uns Frauen. Und es ist anscheinend nicht immer gewünscht, dass diese auch Realität werden. Sonst wäre es ja langweilig, wenn man alles schon erlebt hätte, oder?

Quantität vs. Qualität

Wie oft hätte ein Mann gern Sex? Und wie hochwertig betrachten sie ihn? Würden sie die Häufigkeit zugunsten der Qualität einschränken? Ich sitze noch immer mit Uwe und Jesse im Biergarten. Wobei ich kaum noch zu Wort komme …

Uwe, 36:
»Auf unbedeutenden Sex kann ich verzichten.«

Jesse, 41:
»Manchmal muss Mann einfach Sex haben.«

Wie oft braucht ihr Sex?

Uwe: Mindestens einmal in der Woche.

Jesse: Bei mir auch. Aber ich bin ehrlich, ich hätte gern jeden zweiten Tag Sex.

Wenn ihr die Wahl hättet zwischen Qualität und Quantität, wofür würdet ihr euch entscheiden?

Jesse: Quantität. Ich bin ja auch nur ein Mann. Und im Gegensatz zu Frauen müssen wir auch einen gewissen Druck abbauen.

Uwe: Ich nehme klar die Qualität. Das mache ich übrigens auch jetzt schon. Bevor ich unbedeutenden Sex habe, verzichte ich lieber. Ich hätte Angst, dass ich abstumpfen würde.

Jesse: Manchmal muss man einfach mal einen wegstecken. Das bringt Glücksgefühle und Abwechslung ins Leben.
Uwe: Ja, das mag sein. Aber für mich soll es bitte noch etwas ganz Besonderes sein.

Wie war das früher bei euch?
Uwe: Da habe ich noch nicht sehr viel Augenmerk auf die Qualität gelegt. Als junger Erwachsener habe ich mich auch ständig selbst befriedigt und jeden Tag stundenlang an Sex gedacht. Das brauche ich heute alles nicht mehr so oft.
Jesse: Dafür isst du heute mehr. Essen ist der Sex des Alters, sagt man ja so schön …
Uwe: Komm schon, so schlimm ist es ja nun auch nicht. Ich finde es einfach viel wichtiger, dass ich mich einige Tage später noch an die schöne Nacht erinnere. Die soll ja nicht in der grauen Masse untergehen.
Jesse: Das stimmt schon. Qualität ist auch sehr wichtig. Aber manchmal will ich einfach nur eine schnelle Nummer, da ist mir alles andere egal.

Till, 32:
*»Mit den Jahren wird die Qualität wichtiger.
In der Jugend geht es nur darum, Erfahrungen zu sammeln.«*

Was ist im Bett für dich wichtiger: Häufigkeit oder Qualität?
Till: Qualität.

Also ist dir die Häufigkeit nicht so wichtig?
Till: Nicht so wichtig wie die Qualität.

Wie oft wäre es dir am Liebsten?
Till: Alle zwei bis drei Tage bzw. Nächte.

Du bist in einer festen Partnerschaft. Geht's darin auch so regelmäßig zu?
Till: Nein.

Der Qualität zuliebe?
Till: Der Zeit und Dauer des Zusammenseins geschuldet.

War das schon immer so, dass dir die Qualität wichtiger ist?
Till: In den Jugendjahren war Quantität wichtig. Ab Mitte der 20er hat sich das geändert.

Was meinst du, woran das liegt?
Till: Der Anspruch steigt. Ab einem gewissen Punkt müssen Gefühle mit im Spiel sein. Unbedingt.

Und in der Jugend war das noch egal?
Till: Ja. Weitestgehend.

Ging es also viel mehr darum, viele Erfahrungen zu sammeln, egal mit wem?
Till: Korrekt.

Überlegst du nach dieser Sturm-und-Drang-Phase mehr, mit wem du ins Bett steigst?
Till: Nein. Denn in einer festen Beziehung bietet sich nicht so oft die Möglichkeit. Man nimmt mit, was man bekommen kann und wertet erst dann aus. Oder schon, während man dabei ist …

Wenn du dabei schon auswerten kannst, dann scheint die Qualität in diesem Moment auf der Strecke zu bleiben, oder?
Till: Nicht unbedingt. Es ist nur ein kurzer Moment, der Bruchteil einer Sekunde, in dem man realisiert: gut oder schlecht.

Öfter gut als schlecht?
Till: Fifty-fifty.

Was macht guten Sex für dich aus?
Till: Das Gefühl, sich wirklich aufeinander einzulassen. Das Gefühl, loszulassen vom Alltag. Die Bereitschaft, sich dem anderen komplett zu ergeben. Die Bereitschaft, ein Stück seiner selbst für den anderen aufzugeben. Guten Sex erkennt man meist schon nach fünf Minuten, auch wenn es noch gar nicht zum Sex gekommen sein muss.

Und wo fängt schlechter Sex für dich an?
Till: Schlechter Sex beginnt dann, wenn der andere gedanklich nicht loslassen kann. Das merkt man meist sehr schnell. Wenn die Blicke, die sich treffen, eigentlich in die Leere gehen. Wenn der Körper etwas anderes sagt als die Stimme.

Hat die Dauer etwas mit der Qualität zu tun?
Till: Nein. Wenn es intensiv ist, kann es fünf Minuten dauern oder eine Stunde. Wenn beide voll dabei sind, wird es keinen Unterschied machen.

*

Mein Fazit: Im Zweifel bitte mehr Qualität als Quantität. Jedenfalls, wenn Sie dauerhaft guten Sex haben wollen.

Analverkehr: Tabu oder Must-have?

Analverkehr steht nach weitläufiger Meinung bei Männern sehr hoch im Kurs. Aber warum eigentlich? Was ist so faszinierend daran, bei einer Frau im Hintertürchen ein Gastspiel zu haben? Gibt es eigentlich einen Gefühlsunterschied? Möchte ein Mann mit jeder Frau Analsex haben? Möchte er es überhaupt? Oder findet ein Mann vor allem in der Phase des Ausprobierens Spaß daran? Gehört diese Praktik eher in eine längere Partnerschaft als spannendes Plus für die eventuell eingeschlafene Sexualität? Und die wichtigste Frage: Gibt es eigentlich einen spürbaren Gefühlsunterschied?

> **Samuel, 30:**
> *»Es muss einer Frau Spaß machen, sonst hat der Mann auch keinen.«*

Welche Erfahrungen hast du bisher mit diesem Thema?

Samuel: Ich habe mit 17 Jahren mein erstes Mal gehabt, und es war etwas ganz Besonderes. So etwas merkt man sich einfach. So ist es auch mit meinem ersten Analsexerlebnis gewesen, da war ich allerdings schon 25 Jahre alt.

War es geplant?

Samuel: Ich war schon eine längere Zeit daran interessiert, es mal auszuprobieren. Aber keine Frau, mit der ich darüber gesprochen habe, konnte sich das vorstellen. Meine damalige Freundin war die erste Frau, die gesagt hat, dass wir es ja mal probieren könnten. Und ja, dann haben wir es geplant. Wir sind in einen Shop gegangen und haben uns extra Gleitgel für den Analbereich gekauft. Und einige Wochen später war sie dann so weit, es auszuprobieren.

Und wie war es?

Samuel: Leider überhaupt nicht so, wie ich es mir vorgestellt hatte. Aber ist das nicht immer so mit den Fantasien?

Was war denn so anders als in der Fantasie?

Samuel: Erstens habe ich gespürt, dass es für sie unangenehm oder sogar schmerzhaft gewesen sein muss. Doch sie wollte es weiter versuchen, aber nach ihrer eigenen Regie. Und so hat es dann auch geklappt. Aber das Gefühl hat sich nicht sonderlich vom normalen Sex unterschieden. Und wir haben es nur noch ein weiteres Mal probiert, bevor wir es dann doch endgültig gelassen haben. Ich finde, dass eine Frau Spaß daran haben muss, sonst habe ich auch keinen.

Waren das deine einzigen Erfahrungen mit Analsex?

Samuel: Nein. Ich habe mal eine Frau kennengelernt, die war ganz anders in diesem Hinblick. Sie war fast zehn Jahre älter als ich, und was soll ich sagen, auf alten Schiffen lernt man segeln. Das war wirklich so.

Jetzt bin ich neugierig geworden …

Samuel: Sie hatte großen Spaß am Analsex, das hat sie mich gleich in der ersten Nacht spüren lassen. Sie hat ihn sich einfach anal eingeführt, als sie sich auf mich gesetzt hat. Es vergingen ein paar Stöße, bis ich es überhaupt gecheckt hatte.

Und? Wie fandest du das?

Samuel: Wenn ich ehrlich bin, war ich total begeistert, und es hat mich echt heiß gemacht. Sie turnte es noch viel mehr an als der »normale« Sex, den wir vorher noch gehabt hatten. Als sie zwei Mal hintereinander kam, hatte ich den Orgasmus meines Lebens. So hat es sich jedenfalls angefühlt.

Wie viel hat davon der Analsex ausgemacht?
Samuel: Ich glaube nicht sehr viel. Es war das Neue, eine Frau, die darauf stand und es so sehr genossen hat. Ihre Leidenschaft in diesem Moment war für mich extrem erotisch.

Wie oft habt ihr dann Analsex gehabt?
Samuel: Eigentlich jedes Mal. Sie fand es eben sehr gut. Sie hat mir auch beigebracht, dass man das Kondom wechseln muss, wenn man dann noch vaginalen Sex haben möchte. Es hat wohl etwas mit Darmbakterien zu tun, die in der Vagina nichts zu suchen haben.

Wie lange seid ihr zusammen gewesen?
Samuel: Eigentlich waren wir gar nicht zusammen. Sie war – um ehrlich zu sein – eine verheiratete Ehefrau. Ich war fast ein Jahr lang ihr Liebhaber, und wir konnten uns nur maximal ein Mal pro Woche sehen. Aber diese Treffen waren allesamt wunderschön.

Weißt du auch, warum sie einen Liebhaber hatte?
Samuel: Ja, ich hab sie einmal gefragt. Sie erzählte mir, dass ihr Mann einfach zu faul zum ausgedehnten Sex geworden wäre. Und sie hatte ihren Körper erst so richtig entdeckt und wollte experimentieren. Da passten die sexuellen Interessen wohl nicht mehr zusammen.

Und was war nach einem Jahr?
Samuel: Es war kurz vor Weihnachten, als sie mir sagte, dass sie eine

Pause einlegen wolle. Wegen der Feiertage und der Familie und so. Danach ist es nie wieder zu einem Treffen gekommen.

David, 42:
»Analsex ist für mich ein Kompliment.«

An was denkst du als Erstes beim Thema Analsex?
David: Daran, dass es wohl der Traum vieler Männer ist.

Ist es das auch für dich?
David: In bestimmten Phasen meines Lebens war es das auch, ja. Mittlerweile weiß ich, warum ich Analsex früher als so etwas Besonderes empfand.

Empfand? Ist das nicht mehr so?
David: Nein. Nicht wirklich. Meine jetzige Partnerin mag es nicht so sehr.

Und warum hast du es früher als etwas Besonderes empfunden?
David: Erstens ist man als junger Mann immer darauf erpicht, so viele sexuelle Erfahrungen wie möglich zu sammeln. Man will immer mehr und mehr austesten, seine Grenzen kennenlernen und natürlich mit Erfahrung vor den Kumpels glänzen. Wenn eine Frau zum Analsex bereit ist, dann ist es ein riesiges Kompliment.

Ein Kompliment?
David: Klar. Oder hast du schon mal eine Freundin von dir sagen hören: »Ich habe gestern irgendeinen Typen in der Bar aufgerissen, und wir haben Analsex auf dem Klo gehabt?«

Wohl kaum.

David: Eben. Eine Frau macht es nur mit einem Mann, wenn sie ihm vertraut. Sie lässt ihn damit in eine ganz besondere Zone ihres Körpers. Deswegen ist es ein Kompliment. Ich bin nur sehr enttäuscht, dass viele Männer heutzutage den Wert nicht mehr schätzen.

Wie kommt das? Was meinst du?

David: Generation YouPorn. Da wird Analverkehr in einer Weise vorgelebt, in der es hoffentlich nie Realität wird. Es erzählt den Jungs mit dem Taschentuch vor dem PC doch keiner, dass die Darstellerinnen sich mit Analstöpseln darauf vorbereiten. Sie denken dadurch womöglich, dass das zum normalen Sex gehört und man »ihn« einfach unvorbereitet reinrammen kann. Wo soll das alles nur hinführen?

Da bin ich ganz auf deiner Seite. Ich habe gar nichts gegen Pornos, aber die Masse ist einfach völlig überzogen.

David: Und die junge Generation kommt doch nicht erst mit 18 Jahren in den Konsum, das passiert doch heute schon via Smartphone auf dem Schulhof. So wird das nichts werden mit einer gesunden, respektvollen und offenen Sexualität.

*

Mein Fazit: Analsex ist – entgegen dem allgemeinen Glauben – nicht bei jedem Mann beliebt. Ausprobiert haben es aber fast alle Männer schon mal. Das sollte man auch machen, wenn beide Lust auf diese Erfahrung haben. Für viele Paare kann es eine Bereicherung der Sexualität sein. Aber: Der Einfluss der Pornoindustrie scheint gerade in diesem Punkt enorm. Und das verfälscht leider die Sexualität der Jugend heutzutage. Analverkehr hat viel mit Vertrauen und extremer Intimität zu tun. Und so sollte er auch praktiziert werden.

Verbalerotik

»Komm her und fick mich«, »Ich werde es dir jetzt so richtig besorgen!« und »Du hast den geilsten Arsch, den ich je gesehen habe. Den werde ich dir jetzt so richtig versohlen«. Dirty Talk ist die Kür der erotischen Kommunikation. Dirty Talk kann sehr anregend sein. Aber auch extrem unsexy und billig wirken. Die Balance zu finden ist ein Drahtseilakt.

Doch was denken eigentlich Männer darüber? Wollen sie überhaupt versaute Gespräche beim Sex führen? Und wenn ja, mit wem? Lieber mit einem Abenteuer oder besser mit der langjährigen Partnerin? Was ist anturnend, was eher nicht?

Kurt, 39:
»Dirty Talk ist wie der Champagner zum Dinner.«

Wie sind deine Dirty-Talk-Erfahrungen?

Kurt: Ich hatte in meinem Leben bisher drei Frauen, mit denen ich richtigen Dirty Talk hatte.

Warum nur mit drei Frauen?

Kurt: Tja, das ist eine gute Frage. Es passt nicht zu jeder Frau und auch nicht in jede Beziehung. Bei den Frauen, mit denen ich Lust darauf gehabt hätte, habe ich es immer gleich gehalten. Ich habe das ein oder andere Wort im Vorspiel fallen lassen und gewartet, wie sie darauf reagieren. Zwei Frauen haben zaghaft darauf reagiert, und dann haben wir uns von Mal zu Mal gesteigert.

Und bei der dritten Frau, mit der du Dirty Talk praktiziert hast?

Kurt: Sie hat meine Dirty-Talk-Jungfräulichkeit geknackt. Da war ich an eine Meisterin geraten. Ich war Anfang 20 und sie über 30. Ich habe noch bei meinen Eltern gewohnt, und sie war meine verheiratete Nachbarin. Ich hatte immer Blumen gegossen und die Post rausgenommen, wenn sie auf Reisen waren. Deswegen hatten wir auch unsere Telefonnummern getauscht, für den Notfall sozusagen. Irgendwann veränderte sich unsere Sichtweise aufeinander, wir flirteten immer mehr. Ich hoffte, sie immer öfter zu treffen, und fing an, von ihr zu träumen. Aber meine Hoffnung, dass da mehr draus werden könnte, war gleich null. Eines Tages bekam ich eine SMS von ihr, die alles zwischen uns änderte.

Was stand drin?

Kurt: Das vergesse ich nie: »Immer wenn wir uns ansehen, werde ich ganz feucht zwischen meinen Beinen.« Mehr nicht.

Und was hast du geantwortet?

Kurt: Ich war völlig perplex. Und ich hatte sofort eine heftige Erektion. Das schrieb ich ihr dann einfach zurück.

Und wie ging es dann weiter?

Kurt: Wir schrieben uns wochenlang, was wir gern miteinander machen würden. Ich lernte Dirty Talk sozusagen via Handy. Einige Wochen nach ihrer ersten SMS hatten wir dann unser erstes Abenteuer. Ich war durch die ganze Schreiberei so aufgeheizt, dass ich beim ersten Sex nur ein sehr kurzes Gastspiel hatte. Und mit kurz meine ich wirklich kurz.

Was genau hat dich so heiß gemacht?

Kurt: Ich hatte vor ihr natürlich schon einige Frauen gehabt. Aber eine Frau, die sagt, was sie will und was sie an mir geil findet, hatte ich bis dahin noch nicht. Es war eine ganz neue Erfahrung. Eine sehr geile Erfahrung.

Hattet ihr dann eine Affäre?

Kurt: Ja. Und was für eine. Wir trafen uns, wann immer sie Zeit dafür hatte. Ich ließ sogar meine Kumpels hängen, wenn sie spontan konnte. Zwischendurch schrieben wir uns, was und wie wir es das nächste Mal machen wollten. Auch beim Sex beschrieb sie mir, was sie wie fühlte und wie geil sie etwas machte. Das machte mich leider nicht oft zu einem ausdauernden Liebhaber. Aber wir haben es dann eben öfter hintereinander gemacht.

Und wie ging es dann zu Ende?

Kurt: Ich zog bei meinen Eltern aus. Ich spürte außerdem, dass meine Eltern Verdacht geschöpft hatten und dass sie unsere Nachbarin zur Rede gestellt haben mussten. Plötzlich antwortete sie mir nicht mehr auf meine Nachrichten. Und damit war es so schnell vorbei, wie es angefangen hatte. Aber ihre »Lehre« kann ich bis heute nicht vergessen.

Also pro Dirty-Talk bis heute?

Kurt: Ja. Aber nur, wenn es zu der Frau passt. Wenn eine Frau eher zart und zurückhaltend im Bett ist, passt es nicht so gut, wenn sie aus heiterem Himmel »Fick mich hart!« schreit.

Du bist ja seit vielen Jahren in einer festen Partnerschaft. Wie sieht es da mit Dirty Talk aus?

Kurt: Selten. Eigentlich nur, wenn ich beruflich für viele Tage unterwegs bin und wir skypen. Dann nutzen wir das als Ersatz. Aber es erinnert mich immer mehr an Telefonsex als an Dirty Talk. Bei manchen Sprüchen erschrecke ich bei ihr trotzdem. Sie passen manchmal einfach nicht zu ihr.

Zum Beispiel?

Kurt: Ich weiß, dass sie kein Sperma mag. Wenn sie dann so was sagt wie: »Ich wünschte, dass du mir jetzt ins Gesicht spritzt«, weiß ich einfach, dass sie das nicht wirklich so meint. Aber wenn mir meine Nachbarin damals etwas in der Art geschrieben hat, wusste ich, dass sie das auch genau so meint.

Was meinst du, wie viele Männer auf Dirty Talk stehen?

Kurt: Das ist eine gute Frage. In Vorbereitung auf unser Gespräch heute habe ich mich mal bei meinen Freunden umgehört. Und da haben fast alle gesagt, dass es sehr geil ist, wenn eine Frau dafür offen ist und es – ganz wichtig – kann.

Also muss man es auch noch »können«?

Kurt: Klar. Es können auch die falschen Worte fallen. Und das turnt total ab.

Hast du auch dafür ein Beispiel?

Kurt: Ja. Eine Frau sagte mal während des Vorspiels stöhnend zu mir: »Jaaaaaa, jetzt schleck mir meine ganze Pussy sauber.« Da war ich augenblicklich fertig mit ihr.

Wenn ein Mann zu mir sagen würde, dass ich ihn »sauber lecken« soll, wäre bei mir auch alles vorbei.

Kurt: Eben. Deswegen bin ich ein Fan davon, es ganz langsam angehen zu lassen mit dem Dirty Talk.

*

Mein Fazit: Ich habe noch mit einigen anderen Männern gesprochen. Aber der Tenor war dem von Kurt sehr ähnlich. Dies scheint also ein Thema zu sein, bei dem sich die Männer anscheinend einig sind. Dirty Talk passt also nicht immer und auch nicht zu jeder Frau. Wenn Sie es bei sich selbst noch nicht genau wissen: Ich verschreibe Ihnen hiermit eine Dirty-Talk-Testphase, um herauszufinden, ob Sie selbst dafür gemacht sind. – Viel Spaß dabei!

KAPITEL 4

DIE BEZIEHUNG

Liebe und Lust: Trennbar?

Würde ich einer Frau diese Frage stellen, würde sie mich wahrscheinlich gar nicht für voll nehmen. »Sex ist schön, aber mit Gefühlen eindeutig am schönsten«, würde sie wohl antworten, wenn sie es doch tun sollte. Doch wie sieht es da bei den Männern aus? Sehen sie es genauso? Oder ist es ihnen beim Sex völlig egal, ob Liebe im Spiel ist?

Bob, 23:
»Sex ist Sex.«

Ist Sex mit Liebe gekoppelt schöner als ohne?

Bob: Ich glaube, dass Sex ab dem Moment, wenn man richtig intim wird, einfach nur Sex mit einem anderen Menschen ist. Egal, wie sehr man sich liebt oder ob man sich noch nicht so lange kennt. Sex ist Sex.

Warst du schon mal richtig verliebt?

Bob: Ja, in meine Freundin, mit der ich zwei Jahre lang zusammen war.

Und wie war der Sex mit ihr?

Bob: Eigentlich wie jeder Sex. Ich meine, es ist ja immer aufregend. So war es mit ihr auch. Eins fand ich aber irgendwann blöd. Wenn mir mal ein Missgeschick passiert ist, dann war es mir vor ihr sehr unangenehm. Weil wir uns so gut kannten und ich wusste, dass sie es am nächsten Tag auch noch weiß. Und am Tag danach auch. Ich konnte es nie hinter mir lassen. Vielleicht hat mich das beim Sex sogar manchmal gehemmt.

Was für Missgeschicke meinst du denn?
Bob: Wenn ich mal zu schnell gekommen bin oder so. Ist schon sehr peinlich so etwas.

Und du hattest auch schon oft Sex mit Mädchen, mit denen du nicht zusammen warst?
Bob: Klar. Da ist es natürlich besonders aufregend, weil alles neu ist. Das Kribbeln ist viel stärker, und ich mag die ersten Nächte mit einer Frau sehr.

Und woran ist deine Beziehung gescheitert?
Bob: Das ist mir eigentlich sehr peinlich. Ich war erst 20, und ich habe mich natürlich viel mit mir selbst beschäftigt, wenn meine Freundin mal nicht da war. Ich hatte mir immer den Playboy gekauft und auch mal im Internet Sexseiten besucht. Eines Tages kam sie auf einen Überraschungsbesuch vorbei, und mein WG-Partner hat sie in die Wohnung gelassen. Dann stand sie plötzlich in meinem Zimmer. Ich lag mit dem Laptop auf dem Bett und neben mir auch noch die geöffnete Zeitschrift.

Aber deswegen habt ihr doch nicht Schluss gemacht …
Bob: Doch, für sie war es wie Fremdgehen. Ich habe versucht, ihr zu erklären, dass es nichts bedeutet und dass alle Männer so was machen. Aber sie meinte, dass sie damit nicht leben kann. Und dann war es vorbei.

Oje, das tut mir leid. Aber sie wird wohl im Leben noch öfter darüber nachdenken müssen, ob sie da nicht etwas übertrieben hat. Aber als junges Mädel weiß man es eben manchmal nicht besser.

Bob: Aber eigentlich bin ich auch ganz froh darüber. Jetzt bin ich schon einige Zeit Single und genieße meine Freiheiten. Hat auch alles seine Vorteile.

Sex ohne Liebe ist eh schöner. Ich verstehe schon …

Siamuel, 30:
»Guter Sex mit Liebe gepaart ist wie Porsche fahren im Frühling.«

Worin unterscheidet sich Sex mit und Sex ohne Liebe?
Samuel: Also Sex ohne Liebe kann sehr geil sein. Und auch sehr enttäuschend. Ich finde, da gibt es wenig dazwischen.

Und Sex mit Liebe?
Samuel: Sex mit einer Frau, die ich richtig und aus vollem Herzen liebe, ist wie Porsche fahren im Frühling. Alle Hormone und Glücksgefühle kommen auf einmal zusammen. Es ist grandios. Und wenn Liebe mit im Spiel ist, dann kann eigentlich nichts mehr schiefgehen.

Und wenn du sagst, dass du Sex ohne Liebe nur geil oder enttäuschend findest, woran liegt das deiner Meinung nach?
Samuel: Ich schätze, dass Sex mit einer Affäre oder einem Abenteuer viel mehr Geilheit aufeinander erfordert. Und wenn einem an dem anderen etwas nicht gefällt, dann schmunzelt man das nicht so weg wie bei einer Person, die ich liebe. Ganz banales Beispiel, was nichts mit Sex direkt zu tun hat: Wenn eine Frau neben mir liegt und schläft, sagen wir eine Affäre, dann würde es mich total nerven, wenn sie schnarcht. Auch wenn es ganz leise ist. Aber wenn ich eine Frau liebe, dann

finde ich sogar solche kleinen Fehler, wenn man es so nennen will, süß.

Stimmt, das geht mir auch so.
Samuel: Auf der anderen Seite hatte ich mal eine »Freundschaft plus«.

Freundschaft plus? Ich kann mir zwar etwas darunter vorstellen, aber erklär's mal kurz.
Samuel: Wir waren beide Single und wollten keine Bindung, aus verschiedenen Gründen. Aber wir haben uns extrem gut verstanden und fanden uns anziehend, was dann schnell im Bett endete. Sonst waren wir wirklich eng befreundet und haben uns auch oft so getroffen, ganz ohne Sex.

Und wie hat sich das entwickelt?
Samuel: Es wurde mit jedem Mal vertrauter und intensiver zwischen uns im Bett. Ich habe gespürt, wie sehr sie die Wärme und Zuneigung brauchte, und ich genoss es auch zunehmend, nach dem Orgasmus nicht gleich aufzuspringen. Kuscheln und Streicheln war mit ihr auch nach dem eigentlichen Sex schön, so wie es mit einer Partnerin ist. Mit ihr war der Sex irgendwann genauso gut und intensiv wie in einer Liebesbeziehung.

Warst du vielleicht ein bisschen verliebt in sie? Das würde es erklären …
Samuel: Nein, so kann ich es nicht sagen. Ich hatte Gefühle für sie, ja. Aber Liebe war es nicht. Eher Verbundenheit. Dasselbe hat sie auch mal zu mir gesagt. Es war echt schön gewesen.

Aber ihr seid kein Paar geworden?
Samuel: Nein. Sie lernte einige Monate später einen anderen Mann kennen und wir haben unsere gemeinsamen Nächte sofort ein-

gestellt. Sie hat ihn mir sogar vorgestellt. In ein paar Monaten bekommen sie ein Kind, und ich freue mich ehrlich für sie.

Du bist also für Sex und Liebe?
Samuel: Ja. Obwohl Liebe etwas zu hochgegriffen ist. Ich finde, Sex mit jemandem, dem man vertraut und bei dem man sich fallen lassen kann, ist am erfüllendsten.

*

Mein Fazit: Ja, Sex mit Liebe ist schöner. Punkt.

Sexbombe vs. Hausfrau

Ich habe mal einen ganzen Abend lang auf einer Party mit einem Bekannten, übrigens Dauersingle, über die Frau fürs Leben gesprochen. Wonach er eigentlich die ganzen Jahre sucht und dass er scheinbar nicht fündig wird. Am Ende habe ich für ihn zusammengefasst: Er sucht eine Frau, die eine Granate im Bett ist, jeden Tag ins Fitnessstudio geht und durchtrainiert ist, eigenes Geld verdient, den Haushalt mit links schmeißt und sich noch gut um ihn kümmert. Die Kinder – wenn dann Kinder da sind – soll sie auch noch managen, da sie ihm den Rücken für seinen Beruf frei halten soll.

Als ich ihm alles aufgezählt habe, fiel ihm erst so richtig auf, wie unmöglich es einer Frau mit ebenso nur 24 Stunden am Tag fallen würde, dies alles zu erfüllen. Ich gebe zu, dass ist ein drastisches Beispiel. Aber viele Frauen fragen sich, welche Ansprüche ein Mann an eine Frau fürs Leben hat. Welche Eigenschaften sind ihnen besonders wichtig? Und wie wünschen sich Männer die Entwicklung innerhalb der Partnerschaft?

Olaf, 55:

»Ein sexy Hausmütterchen.«

Hast du eine feste Partnerin?

Olaf: Ich bin seit 28 Jahren verheiratet. Auch wenn seit geraumer Zeit die Luft total raus ist.

Wenn du sie in eine Kategorie stecken könntest: Wäre es der Vamp oder eher eine Hausfrau?

Olaf: Leider eher Letzteres.

War das schon immer so? Oder hat sich das erst dahin entwickelt?
Olaf: Ein Vamp war sie noch nie. Und mit der Zeit immer weniger.

Sieht sie das denn selbst auch so?
Olaf: Ja, schon. Aber sie hat keine Energie und auch keine Lust, das zu ändern. Eine sexy Frau war sie leider nie.

Wie war sie denn früher, als du dich in sie verliebt hast?
Olaf: Früher haben wir viel miteinander unternommen. Und wir haben viel Spaß miteinander gehabt und herzhaft gelacht.

Wenn du mal die Allgemeinheit der Männer betrachtest: Was für eine feste Partnerin hätten Männer gern? Wie sollte sie sein?
Olaf: Auf eine gewisse Art und Weise eine Mischung aus beidem.

Aus Sexbombe und guter Hausfrau?
Olaf: Ein sexy Hausmütterchen.

Meinst du, dass eine Mischung überhaupt möglich ist?
Olaf: Eine Sexbombe kann auch eine gute Hausfrau sein. Allerdings keine Hausfrau im Kittel. Schon eine Frau, die sich gut anzieht und nicht mit ihren Reizen geizt.

Aber ist sie wirklich sexy, wenn sie die Küche wischt und Wäsche aufhängt? Das macht eine Frau jedenfalls, wenn sie häuslich etwas tun soll. Oder soll sie das vielleicht sogar in High Heels tun?
Olaf: Braucht eine Frau bei jeder Gelegenheit High Heels? Eine Frau kann auch in einer knackigen Jeans und in einem engen figurbetonten Shirt sehr sexy ausschauen.

Was denkst du, wie viele Frauen sind beides gleichzeitig?
Olaf: Ich schätze leider die wenigsten. Es ginge allerdings wirklich anders, denn toll aussehende Frauen gibt es jede Menge auf der Welt.

Und wenn wir von seiner »perfekten Mischung« ausgehen: Meinst du, dass eine Frau auch immer so bleiben kann? Also wenn Kinder da sind und andere Dinge vielleicht Stress im Alltag machen?

Olaf: Grundsätzlich ja, auch wenn sich Prioritäten, wie zum Beispiel Kindererziehung, verlagern. Irgendwann sind die Kinder groß und außer Haus. Und was dann?

Ja, was dann?

Olaf: Warum soll man mit Mitte 50 nicht Hand in Hand über die Wiese laufen? Oder sich gegenseitig abkitzeln?

Aber sind es denn wirklich nur die Frauen, die diese Eigenschaften manchmal verlieren?

Olaf: Nicht immer.

Sind es nicht auch die Männer, die sich verändern? Jogginghose vor dem Fernseher und Bier in der Hand – das macht einer Frau auch nicht gerade Lust auf ein sexy Abendkleid.

Olaf: Ja. Man lässt sich gehen und arbeitet nicht an sich. Dabei macht es großen Spaß, an sich zu arbeiten.

Vielleicht müssen sich beide neu definieren, wenn die Kinder raus sind?

Olaf: Ich glaube, dass es ganz schön schwierig ist, so lange zu warten und sich erst dann wieder aufeinander zu konzentrieren, wenn die Kinder raus sind. Dann ist es für viele bereits zu spät.

Also sollte man gemeinsam die ersten Anzeichen erkennen und darüber reden?

Olaf: Miteinander reden ist sowieso das Allerwichtigste in einer Beziehung. Es gibt nichts Schlimmeres als Missverständnisse am laufenden Band, nur weil nicht miteinander gesprochen wurde. Glaube mir, ich weiß hier genau, wovon ich spreche. Das andere, was enorm wichtig ist, ist einander aufrichtig zuzuhören. Ohne dem geht nichts.

Genau. Also ist nicht nur das Wichtige, sich am Anfang eine Frau nach den eigenen Bedürfnissen zu suchen, sondern auch die Qualität der Beziehung so zu halten und anzupassen, dass beide glücklich sind?

Olaf: Stimmt genau. Jedenfalls wenn man eine ernsthafte, feste und glückliche Beziehung haben möchte. Alles Weitere muss reifen und sich entwickeln. So ist das Leben eben. Nichts bleibt stehen.

*

Mein Fazit: Fast jeder kennt in seinem Umfeld eine Frau, die sich in ihrer Ehe gehen lässt, und keiner findet das wirklich schön. Weder Sie noch Er. Ich glaube, dass sich die Art des Sex-Appeals mit den Jahren verändert. Denn auch als Hausfrau und Mutter kann man auf sich achten, sich pflegen und sich für bestimmte Anlässe schick machen. Und das muss nicht bedeuten, dass eine Frau ein Minikleid tragen muss, um sexy zu sein. Jede Frau kann eine Sharon Stone oder Kim Cattrall sein, ohne unecht zu wirken.

Langzeitbeziehung ohne Langeweile?

Statistisch gesehen sind die ersten zwei Jahre einer Beziehung rosarot und voller Bauchkribbeln. Sonntags bleibt man grundsätzlich im Bett, liegt ständig auf- und ineinander verkeilt, und mehr braucht man nicht zum Glück. Doch wie ist das nach zehn, 15 oder gar 20 Jahren Ehe? Wie entwickelt sich eine lange Beziehung aus der männlichen Sicht, und was verändert sich zwischen den Bettpfosten?

Die Meinungen in diesem Punkt gehen weit auseinander, und das hängt sicherlich von der Generation und der Qualität der Partnerschaft ab, ich weiß. Trotzdem interessiert mich die Meinung der Männer dazu. Ich hatte Glück, dass ich zu diesem Thema völlig unterschiedliche Männer befragen konnte, und ich bin mir sicher, dass diese einen interessanten Querschnitt liefern können.

Torsten, 57, seit über 30 Jahren verheiratet:
»Man muss sich immer vor Augen halten, wo man hingehört.«

Wie hast du deine Frau kennengelernt?

Torsten: Früher gab es im Sommer Feriencamps, in denen ich mich als Chefkoch beworben habe. Für mich war es mit meinen knapp 22 Jahren eine gelungene Abwechslung zum normalen Job in der Küche. Der erste Durchgang war nach zwei Wochen durch, dann kam der neue Schwung Helfer. Ein Wolga fuhr vor, aus dem eine Frau um die 40 ausstieg, die mich wegen ihrer mächtigen Erscheinung gleich einen Schritt zurücktreten ließ. Ich betete, dass sie nicht direkt mit mir zusammenarbeiten würde. Dahinter stieg ein Mädchen aus, die zuerst noch von ihr verdeckt wurde. Ein ganz junges Reh, lange braune Haare und braune Augen. Sie wirkte jung und unschuldig auf mich, so was hatte ich noch nie erlebt. Zum Glück war sie diejenige, die dort blieb. Die Frau zuvor war ihre Mutter gewesen, also meine heutige Schwiegermutter.

Und du hast dich gleich in sie verguckt?

Torsten: Na ja, nicht sofort. Aber sie war mir gleich aufgefallen, was mir nicht so oft passiert.

Und dann?

Torsten: Abends war oft Tanz, der größte Spaß am Tag. Dort sah ich sie dann auch am zweiten Abend, zufällig war das auch mein Geburtstag. Sie war so schüchtern und zurückhaltend, das hat meine Aufmerksamkeit geweckt. Die Mädels, mit denen ich vorher zusammen war, waren auf Party aus und alles andere als zurückhaltend. Ich habe sie dann zum Tanz aufgefordert, was ihr sichtlich unangenehm war. Sie wollte nicht im Mittelpunkt stehen. Also sind wir raus an die frische Luft und haben gequatscht. So ging es von da an jeden Abend.

Und wie lange ging das, bis ihr euch nähergekommen seid?

Torsten: Normalerweise war ich schneller mit den ersten Zärtlichkeiten, aber mit ihr habe ich nächtelang erst mal nur gequatscht. Manchmal die ganze Nacht durch, dann sind wir morgens von der Parkbank aufgesprungen und direkt zur Arbeit.

Hattest du das Gefühl, dass sie Interesse an dir hatte?

Torsten: Ja, absolut. Ich hatte das Gefühl, dass sie zu mir aufguckt. Sie war zarte 18, ich 22 Jahre alt. Und das habe ich natürlich genossen. Irgendwann gab es dann mal ein, zwei kleine Küsschen. Mehr war da aber nicht. So, dann war ihre Zeit leider um.

Ich blieb noch einen Durchgang da, und sie fuhr wieder nach Hause.

Und du hast sie vermisst?

Torsten: Irgendwie schon. Und das war ungewöhnlich für mich. Nachdem ich fertig war, bekam ich eine Woche Sonderurlaub für meinen Einsatz dort. Den habe ich gleich genutzt und mich die paar Stunden in den Zug gesetzt, um zu ihr zu fahren.

Das ist ja süß. Hast du dich vorher bei ihr angemeldet?

Torsten: Nicht wirklich. Erst als ich bei ihr am Bahnhof angekommen war, habe ich sie angerufen.

Und was hat sie gesagt?

Torsten: Sie hat sich irre gefreut. 1978 gab es ja noch keine Handys, da hat man sich eher einen Brief geschrieben. Oder man fuhr eben direkt hin.

Und wie war das Wiedersehen?

Torsten: Als ich vor ihrem Haus stand, hörte ich nur ein Pfeifen. Ich dreht mich um und dachte: Oh shit. Da stand die ganze Familie wie die Orgelpfeifen und winkte mir zu.

Und schon lernt man die ganze Familie kennen. So schnell kann es gehen.

Torsten: Genau. Sie war ganz ruhig, auch wenn ich heute weiß, dass sie die ganze Zeit Liebeskummer hatte. Ich hatte mich nicht gleich gemeldet, nachdem sie abgereist war. Sie dachte, dass sie nie wieder etwas von mir hören würde.

Und wie war das für dich?

Torsten: Ich habe mich echt wohl gefühlt mir ihr. Ich bin dann drei Wochenenden zu ihr gefahren, habe ganz brav im Hotel übernachtet und mich immer mehr in sie verliebt. Dann sagte ihr Vater, dass ich beim nächsten Mal kein Hotel zu buchen bräuchte. Das war damals schon ein großer Schritt.

Dann lief ja alles prima!
Torsten: Bis auf die erste Nacht bei ihr zu Hause, ja.

Was war da?
Torsten: Sie hatte eine Betriebsfeier und nahm mich mit. Wir waren gegen sechs Uhr da, und jeder wollte mit mir als neuer Begleiter etwas trinken. Jeder von ihnen trank nur einen, ich mit jedem einen. Bevor die Uhr neun zeigte, war ich voll.

Oje. So was gleich in der ersten Nacht bei den Schwiegereltern.
Torsten: Ja. Ich war wirklich hackedicht. Das war ein toller Auftritt. An dem Wochenende sind sie dann aber noch weggefahren, und so hatten wir Zeit nur für uns. Das war dann unser erstes Mal.

Für dich war es aber nicht die erste Erfahrung, oder?
Torsten: Nein.

Für sie auch nicht?
Torsten: Doch. Von da an war alles total perfekt. Schmetterlinge im Bauch und rosa Wolken. Wenn ich sonntags nach vier Stunden Zugfahrt zu Hause in meinem Arbeiterwohnheim angekommen bin, habe ich ihr gleich einen Brief geschrieben. So war das damals.

Süß. Echt.
Torsten: Ja, die Briefe erfreuen uns heute noch.

Wie hat sich eure Beziehung entwickelt? Vorher Fernbeziehung und nun zu dritt auf wenigen Quadratmetern …
Torsten: Unsere Beziehung war gestärkt von den Hürden, die wir

zusammen genommen haben. Je stärker der Gegenwind – vor allem in den ersten Jahren –, desto verbundener waren wir. Ein schönes Gefühl, das bis heute hält.

Ist das euer Glücksgeheimnis? Zusammenhalt?

Torsten: Auch, ja. Und ich finde, dass mindestens 50 Prozent gemeinsames Lachen und der Humor ausmachen. Der Rest kann Liebe, Leidenschaft und Streit sein. Aber was für ein Leben würde man führen, wenn nie gelacht wird?

Rückwirkend betrachtet: Hattet ihr einen schwierigen Start in die Beziehung?

Torsten: Ich hatte mich für diese Frau entschieden, und ich habe diese Entscheidung nie infrage gestellt. Unter diesem Gesichtspunkt habe ich nicht darüber nachgedacht, dass etwas schwierig sein könnte. Heutzutage ist das leider nicht mehr so häufig zu finden.

Bekommst du es bei deinen Söhnen mit?

Torsten: Und im Umfeld auch, ja. Ich frage mich manchmal, wie man sich so viele Gedanken über eine Beziehung machen kann. Ich denke, dass viele Trennungen hausgemacht sind. Früher hat man über ein Problem gesprochen, wenn eines da war. Heut wägt man erst mal mit einem Vertrauten ab, ob man es überhaupt ansprechen soll. Und wenn ja, wie? Wo? Wann? Oh Gott, das wäre alles nichts für mich.

Gab es, rückblickend gesehen, Momente, in denen du auch mal nach rechts und nach links geguckt hast? Oder war das überhaupt kein Thema?

Torsten: Es ist immer die Frage, wie weit man guckt …

Ja, das ist die Frage, die sich oft stellt.

Torsten: Also um es gleich zu sagen: Ich bin nie fremdgegangen. Ein Austesten, ob man noch attraktiv für das andere Geschlecht ist, gehört einfach dazu, denke ich. Flirten stärkt ja auch hin und wieder das Selbstwertgefühl. Und ein gutes Selbstbewusstsein fördert ja auch ein Beziehungsleben.

Meinst du, dass das auch für deine Frau spricht?
Torsten: Zu 99,9 Prozent kann ich sagen, dass sie nicht so großes Interesse an männlicher Bestätigung hat. So würde ich sie jetzt jedenfalls einschätzen.

Und kam dir nicht mal der Gedanke, etwas verpasst zu haben?
Torsten: Ich muss zugeben, dass ich mir vor meiner Frau ordentlich die Hörner abgestoßen habe. Und das würde ich auch jedem anderen Mann, und natürlich auch den Frauen, empfehlen. Die Singlezeit sollte genau dafür genutzt werden, denke ich. Dann kann man alle Vorteile der Ehe – und auch die damit verbundenen Kompromisse – genießen.

Und woran hast du gemerkt, dass deine Frau die Richtige ist?
Torsten: Mit ihr war alles anders. Die Gefühle waren viel heftiger. Und sie war die erste Frau, die jünger war als ich. Ich konnte sonst mit den »Kindern« nicht so viel anfangen. Bei ihr war das ganz anders.

Hattest du Angst davor, dass bei deiner Frau die Zeit kommen könnte, in der sie doch noch andere Erfahrungen sammeln möchte? Du warst ja immerhin ihr erster Mann.
Torsten: Nein, es gab noch nie einen Anlass dafür. Außerdem bin ich gar kein eifersüchtiger Typ. Ich bin der Meinung, dass dieses Gefühl völlig überflüssig ist. Wenn jemand Interesse für einen anderen Menschen hat, dann könnte meine Eifersucht auch nichts daran ändern.

Ist sie denn eifersüchtig?
Torsten: Manchmal schon, ja.

Was denkst du, ist man da heute durch soziale Medien stärker gefährdet?
Torsten: Ja, absolut. Ich habe schon Diskussionen mitbekommen, weil jemand als Freund bei Facebook bestätigt wurde. Das ist doch irre.

Habt ihr ein Rezept für eine lange Ehe?
Torsten: Kompromissbereitschaft! Sie liebt Modern Talking, ich Heavy Metal. Wenn der andere gerade seine Musik hören möchte, dann macht man das halt mit. Weißt du, Jana, es gibt so viel Elend auf der Welt. Da muss man sich doch nicht immer und ständig durchsetzen und sich selbst Probleme machen.

Seit einigen Jahrzehnten seid ihr jetzt schon zusammen. Wie hat sich denn euer Liebesleben entwickelt?
Torsten: Am Anfang ist es natürlich wie in allen Beziehungen so gewesen, dass wir ewig nicht aus den Federn kamen. Als wir zusammengezogen sind, war ja unser Sohn auf der Welt, und da hat es sich natürlich auf die Momente beschränkt, wenn es gerade passend war. Da gab es dann mal die Morgenstunden, in denen es sich anbot. Es war mehr von der Situation abhängig, weil es nicht mehr immer und überall ging mit Kind bzw. Kindern.

Und welchen Stellenwert hat die Sexualität bis heute in eurer Ehe?
Torsten: Es ergibt sich eben. Wir haben uns da noch nie Stress gemacht. Unzufrieden bin ich noch nie gewesen. Und so lange ist doch alles in Ordnung. Als unsere Kinder etwas größer waren und am Wochenende mal außerhalb bei Freunden geschlafen haben, war uns klar, dass dieser Abend dann nur für uns sein würde. Wir haben uns dann kleine Snacks gemacht, eine Kerze aufgestellt

und uns einfach Zeit für uns genommen. Das war immer sehr schön und auch wichtig, damit es nicht im Alltag und in dem ganzen beruflichen Stress untergeht.

Björn, 50, seit über 30 Jahren in einer festen Partnerschaft:
»Man(n) muss immer seine Werte im Auge behalten, auch bei der größten Versuchung.«

Wie lange bist du schon mit deiner Frau zusammen?
Björn: Seit knapp 32 Jahren.

Und wie habt ihr euch kennengelernt?
Björn: Ganz klassisch auf einer Party.

Da wart ihr zwei wie alt?
Björn: Ich war 18 Jahre alt und sie zwei Jahre jünger.

Hat sie dir sofort gefallen?
Björn: Ja, absolut. Das beruhte sofort auf Gegenseitigkeit, bei uns hat es ziemlich schnell gefunkt.

Und wie war es vorher? Haben Frauen schon eine große Rolle gespielt?
Björn: Na ja, eigentlich noch nicht so sehr. Ich hatte vorher zwei Techtelmechtel, aber nichts Ernstes. Wobei ich schon früh auf der Suche nach einer festen Partnerin war, und bei ihr konnte ich es mir sofort vorstellen.

Warum?
Björn: Ich habe mich von Anfang an mit ihr fast blind verstanden. So etwas war mir vorher noch nie passiert, und ich wusste relativ schnell, dass das etwas Besonderes ist.

Und sie? Wie erfahren war sie vorher?

Björn: Soweit ich weiß, war ich ihr erster richtiger Mann. Auch in ihrer Familie wurde ich gut aufgenommen, was mir persönlich sehr wichtig war. Ich wollte zum Beispiel mit ihr in den Urlaub fahren, kurz nachdem wir uns kennengelernt haben. Mit dem Moped von Kassel nach Monaco. Da war sie ja erst 16 Jahre alt, und dazu brauchte ich natürlich die Einwilligung der Eltern.

Und? Hast du die Einwilligung bekommen?

Björn: Mein Schwiegervater hat damals gesagt: »Bring sie mir ja gesund wieder zurück. Dann hast du von mir grünes Licht.« Und so war es dann auch. Schade nur, dass er zwei Jahre später – mit gerade mal 42 Jahren – an einem Herzschlag gestorben ist. Das war für meine Frau eine schwere Zeit, und diese hat uns noch viel stärker zusammengeschweißt.

Und wann kamen eure Mädels zur Welt?

Björn: Die kamen erst relativ spät, da waren wir schon Mitte 30. Wir hatten uns erst auf unsere berufliche Entwicklung konzentriert. Anfang der 90er kamen wir dann aus Hessen ins Berliner Umland, und da haben wir uns auch erst auf den Aufbau des Umfeldes konzentriert. Am Anfang haben wir in einer typischen Plattenbauwohnung gewohnt, und da war an Kinder noch nicht zu denken. Mitte der 90er haben wir dann ein Haus gebaut und das Nest hergerichtet. Erst Ende der 90er ging es uns insgesamt so gut, frisch verheiratet waren wir mittlerweile auch, dass wir kurz vor dem Millennium Zwillinge bekamen. Da war dann unser Glück perfekt.

Klingt nach einem Bilderbuch-Verlauf. Wie beobachtest du denn die Beziehungen in der heutigen Zeit um dich herum?

Björn: Ich bin manchmal erschrocken darüber, wie oft manche Leute ihre Beziehungen wechseln. Ich könnte das gar nicht. Obwohl sich, glaube ich, nahezu jeder mal bei dem Gedanken daran ertappt.

Aber für dich war das noch nie ein echtes Thema?

Björn: Nein. Ich bin da sehr konservativ eingestellt. Ob es Zufall ist oder vielleicht an meiner Generation liegt, weiß ich nicht. Ich frage mich, ob sich durch eine andere Frau wirklich etwas verbessern würde. Klar, es gibt immer ein paar kleine Ecken, an denen man sich aufreibt. Aber die würde es bei einer anderen Frau auch immer geben, vielleicht sogar noch mehr.

Und wahrscheinlich würde man dann auch erst hinterher wissen, was man die ganzen Jahre hatte …

Björn: Ja, genau. Außerdem genieße ich es, genau zu wissen, wo ich zu Hause bin. Das Gefühl mag ich sehr. Meine Frau kennt ganz genau meine Gedankengänge, und ich kenne ihre. Wir können uns blind vertrauen, und das erleben nicht alle Menschen in ihrem Leben. Dessen bin ich mir bewusst. Manchmal denke ich, dass andere Paare, die sich aus einer Affäre heraus trennen, erst hinterher merken, wie wertvoll Vertrauen sein kann. Und dann ist es zu spät, blindes Vertrauen bekommt man so schnell nicht mehr wieder. Natürlich gibt es auch Momente, in denen man der Anfangsphase hinterhertrauert. Blind vor Liebe zu sein ist schon ein tolles Gefühl. Aber ich denke, dass man diese Phase in höherem Alter nicht mehr so hätte.

Meinst du wirklich?

Björn: Ja. Ich denke, dass man in der Jugend viel euphorischer ist. Die Erfahrungen lehren einem später einen anderen Blickwinkel. Deswegen bin ich mir auch sicher, dass ich für einen womöglichen One-Night-Stand nicht meine komplette Beziehung aufs Spiel setzen würde. Um Gottes willen, nein. Das würde ich nie machen.

Redet ihr darüber auch manchmal?

Björn: Eher selten. Ich denke, dass wir uns gut genug kennen und die Gedanken des anderen dazu einschätzen können. Da gibt es nichts zu reden.

War das von Anfang an so? Also dass ihr euch ohne große Kommunikation verstanden habt?

Björn: Ja.

Beneidenswert. So was suchen viele ein ganzes Leben lang …

Björn: … und ich bin mir dessen auch bewusst.

Ist das vielleicht euer größtes Geheimnis für eine glückliche Beziehung?

Björn: Unter anderem ja. Ganz entscheidend waren auch die Schicksalsschläge, die uns sehr nahe zueinandergebracht haben. Man hat einfach zusammengehalten und alles gemeinsam gemeistert. Heute stehen manche Partnerschaften vielleicht auf wackligeren Füßen, weil wir die Generation »Ich bin stark und schaffe das allein« haben. So empfinde ich das jedenfalls. Dabei gibt es doch kein schöneres Gefühl, als mit einem Menschen gemeinsam stark zu sein. Das schlaucht nur halb so stark. Und dann braucht man sich auch nicht zu wundern, dass wir in der Zeit des Burn-out leben. Nichts bleibt ohne Folgen.

Fällt dir noch etwas an der aktuellen Generation auf?

Björn: Ja, zum Beispiel, dass wir uns früher viel weniger Gedanken über irgendwelche Gefühlsduseleien gemacht haben. Wir wussten in unserer Partnerschaft immer, wo und was unser nächstes Ziel ist. Das verlieren heute viele aus den Augen, wenn sie denn überhaupt je eines hatten.

Fehlt manchen Partnerschaften heutzutage also einfach das Rückgrat?

Björn: Vielleicht. Ja. Und viele meiner Kumpels schmeißen alles hin, was sie sich jahrelang aufgebaut und wofür sie gekämpft haben, anstatt einfach den Arsch zusammenzukneifen und an einem Problem zu arbeiten. Dann gehen sie eine neue Partnerschaft ein. Und bei etwa 50 Prozent führt es zum absoluten Fiasko. Manchmal denke ich mir dann so: Lieber Junge, musste das jetzt alles wirklich sein? Geh doch einfach, wenn du bumsen willst, in den Puff.

Oder mach mal dein Ding und behalte es für dich.

Björn: Genau. Manche wollen auch einfach auf dicke Hose machen mit einer jüngeren Frau. Alles nur Seifenblasen. Bei der Masse beobachte ich danach, dass sich nichts verbessert hat.

Ob sich die Qualität einer Beziehung verbessert, wenn der neue Partner jünger ist, weniger Falten hat – die irgendwann doch kommen – oder sonst was, steht auf einem ganz anderen Blatt. Das sehe ich auch so.

Björn: Selbst wenn es bei meiner Frau so wäre, dass ein Teil der Attraktivität verloren geht, müsste ich realistisch bleiben, denn man selbst war auch nicht im Gefrierschrank eingefroren. Man altert ja gemeinsam.

Wie sieht es hinter der Schlafzimmertür aus? Wie hat sich das entwickelt?

Björn: Auch da haben wir uns zusammen weiterentwickelt. Am Anfang war das 08/15-Programm spannend genug. Mit der Zeit probiert man dann einiges aus, und das bringt neue Empfindungen in das Sexualleben. Sex ist auch wieder ein Punkt, für den man selbst verantwortlich ist.

War das auch mal Inhalt eurer Gespräche? Dass also mal ein neuer Wind unter der Bettdecke angebracht wäre?

Björn: Nein, auch in diesem Punkt war uns beiden das hin und wieder im Unterbewusstsein klar. Da brauchten wir nie viel drüber zu reden. Und dann haben wir uns eben neue Sachen überlegt. Da muss man immer dranbleiben, und das hört auch nie auf in einer guten Ehe.

Meinst du, dass das vielleicht auch ein Grund ist, warum sich viele Paare trennen?

Björn: Natürlich. Wenn man sich nicht mehr darum bemüht, geht das früher oder später den Bach runter, und dann wird mindestens ein Part unzufrieden. In meinem Umfeld gibt es dafür unzählige Beispiele. Aber das wird sich wohl nie ändern.

*

Mein Fazit: Es gibt das Sprichwort: Eine Freundin zu finden ist nicht schwer, sie zu behalten dagegen sehr. Da ist viel dran, denn jemanden kennenzulernen und eine Beziehung anzufangen ist keine Kunst. Doch Kompromisse einzugehen, die Liebe wachsen zu lassen, den Partner zu akzeptieren und auch schwierige Zeiten gemeinsam zu bewältigen ist die wahre Kunst einer echten Liebe. Es gibt viele Partnerschaften, die daran zerbrechen.

Wir sind eine Wegwerfgesellschaft geworden und das spiegelt sich nicht nur im Müllproblem wieder. Wir schmeißen Partnerschaften viel zu schnell weg, nur weil wir zu müde geworden sind, um sie zu kämpfen und auch schwierige Zeiten auszuhalten. Wir holen uns einfach etwas Neues und fangen von vorne an, ohne darüber nachzudenken, dass früher oder später die gleichen Probleme mit einem anderen Partner erneut auftreten werden.

Auf der anderen Seite möchte ich natürlich nicht klein reden, dass manche Wege sich einfach trennen müssen. Manchmal passt es eben nicht oder man hat sich auseinandergelebt. Das stellen Paare erst nach Jahren oder sogar Jahrzehnten fest. In solchen Fällen sollte man natürlich nicht wegen irgendwelchen gesellschaftlichen

Ansprüche zusammenbleiben oder gar wegen der Kinder. Letztere spüren Probleme sowieso und keiner wird dadurch glücklicher.

Abschließend möchte ich gern Hape Kerkeling alias Evje van Dampen zitieren, die mit folgendem Zitat den Nagel auf den Kopf getroffen hat: »Liebe ist Arbeit, Arbeit, Arbeit.«

Von Treue und Eifersucht

Ich persönlich denke, dass Partner nur so treu sind wie ihre Gelegenheiten. Es kann mir keiner erzählen, dass er in einer Partnerschaft noch nie darüber nachgedacht hat, mit jemand anderem Sex zu haben. Die Frage ist, wo Untreue für Männer anfängt und ab welchem Punkt ein richtiger Seitensprung stattfindet? Wie treu sind Männer wirklich? Und wie viel Treue erwarten Sie von Ihrer Partnerin? Ist Eifersucht nervig oder völlig normal? Ist Flirten noch in Ordnung?

Und meine allerwichtigste Frage, die mich schon viele Jahre beschäftigt: Wenn Männer ein Angebot zum Sex bekämen und man würde ihnen vorher zu 100 Prozent die Sicherheit geben, dass es niemals rauskäme, wie viele von ihnen würden es machen?

Beantworten Sie sich die Frage doch vorab schon mal selbst …

Richard, 49:
»Seit wir unsere Beziehung geöffnet haben, haben wir wieder besseren Sex.«

Eifersucht: Ist das ein Thema in deiner aktuellen Beziehung?

Richard: Nein, Eifersucht ist absolut kein Thema bei uns. Wir haben seit einiger Zeit eine offene Beziehung, die wir beide sehr vorsichtig und liebevoll pflegen. Wir wissen genau, dass wir bis ans Ende unserer Tage zusammenbleiben wollen. Wir wissen aber auch, dass wir nicht die einzigen Sexualpartner sein können, solange wir leben.

Und warum nicht?

Richard: Weil das einfach nicht geht. Es wäre langweilig und ein grundloser Verzicht. Wenn man gemeinsame Regeln aufgestellt hat, ist das ganz gefahrlos. Meine Frau bleibt ja trotzdem die beste Frau der Welt, und Sex haben wir auch noch.

Stört dich der Gedanke nicht, dass deine Frau manchmal vielleicht etwas möchte, was sie bei dir nicht findet?

Richard: Nein. Ich kann es nicht für mich in Anspruch nehmen, ohne es ihr auch zu gönnen. Das wäre unfair, und so würde es auch nicht funktionieren.

Wie haben sich die Eifersucht und die damit verbundene Toleranz im Laufe der Jahre innerhalb eurer Partnerschaft entwickelt?

Richard: Wir haben uns an dieses Thema über mehrere Jahre hinweg herangeredet und herangearbeitet. Das war ein Prozess, der nicht immer einfach war, aber wir haben es geschafft. Es ist besser, man lässt sich gegenseitig ein paar Freiheiten, anstatt eine funktionierende Beziehung über den Haufen zu werfen.

Warum war dieser Prozess nicht immer einfach gewesen?

Richard: Man muss sich erst da ranreden, dass sexuelles Begehren als Lust auf einen andern Menschen eben kein Fremdgehen ist. Dafür muss man Worte finden, einander zuhören und die Bedürfnisse ernst nehmen. Das ist nicht so einfach, bei den meisten Paaren klappt es auch nicht, und dann wird eben fremdgegangen. Ich finde es auf unsere Weise besser.

Meinst du, dass sich die Einstellung zur Eifersucht und Partnerschaft im Laufe der Jahre verändert? Wenn ja, warum?

Richard: Natürlich ändert sich das mit den Jahren, nämlich in dem Maße, wie man Lust auf einen neuen Sexualpartner hat, ohne den Lebenspartner verlassen zu wollen. Wenn man darüber ganz offen sprechen kann, dann kann man auch Eifersucht offen ansprechen, und sie ist dann nicht mehr das wesentlichste Problem.

Wenn du in deinem Bekanntenkreis guckst: Wie sieht es da mit dem Thema Eifersucht aus?

Richard: Zum Bekanntenkreis kann ich nur ganz wenig sagen, denn dass wir eine offene Beziehung führen, wissen nur die allerengsten Freunde, und selbst von denen nicht alle. Es wird toleriert, vielleicht auch heimlich mit Neid gesehen, aber es ist kein mehrheitsfähiges Modell.

Kann zu viel Eifersucht eine Beziehung schädigen? Was geht aus deiner Sicht zu weit?

Richard: Eifersucht kann eine Beziehung killen, absolut. Wichtig ist, dass die Eifersucht dann keine Basis hat, wenn die Lebensbeziehung im Mittelpunkt steht und die Außenbeziehungen nur die Ergänzung sind.

Welcher Unterschied liegt für dich zwischen einem »außerehelichen« Abenteuer und einer Affäre?

Richard: Das ist der simple Unterschied zwischen einem ONS und einer Beziehung, wo das Herz doch ein bisschen dabei ist. Für mich ist das Letztere das Schönere. Auch bei einer Außenbeziehung sollte immer das Herz dabei sein, sonst macht es keinen Spaß.

Ist diese Offenheit vielleicht sogar eine Vorsorge dafür, dass die Sexualität mit den Jahren nicht in den Hintergrund rückt?

Richard: Genau. Vor allem hat das dazu geführt, dass unser eigenes Sexualleben wieder aufregender geworden ist. Wir sind auch füreinander wieder sexuell interessanter, seit wir unsere Beziehung geöffnet haben. Klingt paradox, ist aber ganz geil!

Jo, 23:
»Ich habe betrogen und wurde betrogen.«

Was für ein Beziehungstyp bist du?
Jo: Klassisch monogam, würde ich sagen.

Und momentan bist du gebunden?
Jo: Ja, seit fast drei Jahren.

Und war Fremdgehen schon mal ein Thema?
Jo: Ja, ich wurde betrogen und ich habe auch schon betrogen.

Wo genau fängt denn für dich Untreue an?
Jo: Beim körperlichen Kontakt. Damit meine ich natürlich keine Umarmung zur Begrüßung oder so, sondern Küssen wäre für mich schon zu viel.

Wenn deine Freundin offensichtlich flirten würde, wäre es für dich also noch kein Problem? Weil der Körperkontakt fehlt?
Jo: Ich würde sie wahrscheinlich fragen, warum sie das gerade braucht. Wenn ich das Gefühl habe, dass sie die Bestätigung genießt und ich den Typen vielleicht kenne, würde ich wahrscheinlich kein Fass aufmachen.

Aber ganz kalt lassen würde es dich doch nicht?
Jo: Nein, wenn du so fragst, nicht. Das würde ich unangenehm finden. Ich würde wegen solch einer Sache aber auch nicht gleich alles infrage stellen. Mich würde vielmehr interessieren, woran es liegt. Vielleicht ist es ein Zeichen, dass sie von mir nicht genug Aufmerksamkeit und Zuwendung bekommt. Darüber muss man sich auch mal Gedanken machen.

Und du selbst? Flirtest du auch mal fremd?

Jo: Tja, ich denke, dass Männer schneller mal flirten. Ich bekomme das meistens noch nicht mal mit. Wenn ich einer Frau ein Kompliment mache, dann ist das für mich ganz normal. Wenn meine Freundin das macht, würde ich schon mal schlucken und vielleicht eifersüchtig werden.

Woran liegt das?

Jo: Ich kenne ja meine Gedanken und weiß, dass es nichts zu bedeuten hat. Bei meiner Freundin kenne ich die Gedanken dabei nicht.

Und wie war es, als du doch mal Hintergedanken gehabt hast? Du meintest ja, dass du schon mal untreu warst …

Jo: Ich war ganz einfach unzufrieden damals. Die Beziehung war emotional eigentlich schon vorbei, nur noch nicht offiziell.

Hast du ihr das damals gesagt?

Jo: Nö.

Also weiß sie es gar nicht?

Jo: Nein, ich glaube nicht. Wir waren auch nur noch vier Wochen danach zusammen.

Schlechtes Gewissen gehabt?

Jo: Ehrlich gesagt, nein.

Weil du mit deinen Gefühlen schon so weit von ihr entfernt warst?

Jo: Und weil ich mir ihrer Treue auch nicht mehr sicher war. Ich hatte da so einiges mitbekommen. Ich denke, dass alles kaputt war, was in einer Beziehung kaputt sein kann.

Das war also mal ein Ausrutscher. Sonst bist du kein Freund von Untreue?

Jo: Ich finde, dass man da zwischen Männern und Frauen unterscheiden muss. Bei Männern kann ich aus eigener Erfahrung und aus vielen Männergesprächen heraus sagen, dass die Geilheit einfach siegt. Den männlichen Jagdtrieb kann ich definitiv bestätigen.

Ist es wirklich so einfach?
Jo: Einfach nicht, aber vielleicht eine Erklärung. Ich glaube wirklich, dass Männer schwanzgesteuert sind, wenn sie eine Frau richtig geil finden und sich in dem Moment nicht unbedingt bewusst sind, was sie da tun.

Du meinst, dass sie ihr Fremdgehen erst danach realisieren?
Jo: Ich habe schon von vielen Freunden gehört, dass es so war. Dann kommt die bittere Reue, dann ist es aber schon zu spät. Vor allem, wenn sie ihre Frau wirklich lieben.

Und wenn eine Frau fremdgeht?
Jo: Dann glaube ich, dass der Kopf auch mit dabei ist!

Wie kommst du darauf?
Jo: Frauen sind da anders, denke ich. Sie denken grundsätzlich mehr nach und würden sich auch nicht von der Stelle weg überall und mit jedem gehen lassen. Ich finde, dass Frauen sich erst in einer festen Bindung so richtig fallen lassen können und nicht in einem Abenteuer. Oder es prickelt schon viel länger, und es hat sich schon über einen längeren Zeitraum angekündigt. Aber trotzdem wägt eine Frau viel mehr ab. Und die Hemmschwelle ist höher, behaupte ich mal.

Klingt sehr nach Evolutionsdenken …
Jo: Wir können ja auch nicht leugnen, dass Mutter Natur uns eingetrichtert hat, dass ein Mann sich oft und mit wechselnden Frauen

vermehren muss, um die Gene weiterzugeben. Und da kann man sagen, was man will, das steckt einfach unterbewusst in uns drin. Frauen ist der Mutter- und Beschützerinstinkt auch angeboren, wenn sie ein Kind bekommen.

Hat es vielleicht bei Männern auch etwas mit dem Ego zu tun?

Jo: Na klar. Es gibt doch nichts Besseres, als zu seinen Kumpels zu sagen, dass man die heiße Schnitte XY im Bett hatte. Obwohl das mehr für ungebundene Männer zählt.

Gibt es in deinem Freundeskreis viel Untreue?

Jo: Ja, definitiv. Das Thema ist immer aktuell, alles andere wäre Schönrednerei.

Reden denn Männer untereinander darüber?

Jo: Kaum. Die Angst aufzufliegen hält viele Männer davon ab, in ihrem Freundeskreis damit zu prahlen.

Und was ist mit der Behauptung, dass Männer öfter der Untreue überführt werden, weil sie mit ihren Eroberungen angeben und unvorsichtig werden?

Jo: Ist auch was dran. In meinem Freundeskreis ist es aber eher selten so gewesen.

Ist für dich Untreue ein klarer Trennungsgrund? Oder siehst du es als Ausrutscher?

Jo: Ausrutscher können jedem mal passieren. Ich finde es dann viel wichtiger, dass man drüber redet und die Hintergründe dafür herausfindet, vor allem, wenn es ihr passiert. Dann hat die Beziehung auch noch eine Chance.

Also würdest du es deiner heutigen Freundin sagen und das Gespräch suchen?

Jo *(überlegt lange):* … Nein. Mist. Ich glaube nicht. Ich würde wahrscheinlich mit meinem engsten Freund darüber reden und das auswerten. Ich will ja meiner Freundin auch nicht wehtun. Und wenn der Ausrutscher rein gar nichts zu bedeuten hatte, würde ich es als Missgeschick verbuchen und es ausblenden.

Also ich höre heraus, dass Männer aus Unbedachtheit und Instinkt fremdgehen und Frauen sich etwas holen, was sie vermissen – und es deswegen bewusster und mit mehr Bedeutung tun?

Jo: Verallgemeinert, ja. Im Grundsatz denke ich, dass es meistens so ist. Ich habe es ja selbst auch schon erlebt.

In deiner aktuellen Beziehung?

Jo: Ja. Ganz am Anfang. Sie hat zwar nicht mit ihm geschlafen, war aber mit ihm intim. Sie hat es mir gleich erzählt. Dann haben wir viel geredet, und ich musste mir eingestehen, dass ich zu ihrer beginnenden Unzufriedenheit einen großen Anteil beitrug. Und daran habe ich gearbeitet, und heute ist es kein Thema mehr.

Kannst du ihr denn wieder voll vertrauen?

Jo: Ja, absolut. Zum Glück.

Was denkst du, wie verhalten sich Männer, wenn sie sich vielleicht in eine Affäre verlieben?

Jo: Ich denke, dass es nicht sehr oft vorkommt. Da spielt wie gesagt zu sehr Geilheit mit. Das Herz ist da weit weg, meistens bei der Frau zu Hause. Wenn es doch mal passiert, schätze ich, dass Männer das gern mal aussitzen und die Situation beobachten. Sie würden ihr »Nest« nicht einfach hinter sich lassen. Es klingt blöd, aber Männer sind sehr bequem und verlassen ihre Komfortzone nicht so schnell. Auch nicht für Gefühle innerhalb einer Affäre.

Bequemlichkeit … Kein schönes Gefühl für die Frau zu Hause, auch wenn sie vielleicht nichts davon weiß.

Jo: Absolut scheiße, ja. Außerdem hat er zu Hause »sicheren Sex«. Den gibt ein Mann auch nicht grundlos auf.

Klingt ja total romantisch.

Jo: Ist aber die Wahrheit.

So habe ich das noch gar nicht betrachtet …

Jo: Männer denken sich auch, dass die andere nachher vielleicht gar nicht so toll ist, wie man zuerst denkt.

Denken Männer wirklich darüber nach?

Jo: Ja, klar. Rational eben. Eine neue Frau macht auch immer neue Probleme.

Wenn ein Mann ein Angebot zum Sex bekäme und man würde ihm vorher zu 100 Prozent die Sicherheit geben, dass es niemals rauskäme: Wie viele würden es machen?

Jo: 50 Prozent.

Und wie viele Frauen würden es machen?

Jo: Auch 50 Prozent. Bei einer 100-prozentigen Risikolosigkeit würde es wohl jeder Zweite tun. Geschlecht egal. Sex ist eben manchmal unvernünftig.

Oskar, 38:

»Jeder will Treue. Aber kaum eine lange Beziehung schafft es.«

Bist du grundsätzlich ein treuer Typ?

Oskar: Ja. schon.

Klingt nach einem Aber …

Oskar: Jeder wünscht es sich. Das ist eine Idealvorstellung. Aber keine lange Beziehung kommt an Fehltritten vorbei. Und das ist das Unschöne daran, weil man seinem Partner wehtut, wenn es rauskommt oder man es thematisiert.

Also meinst du, dass sich im Grunde jeder Treue wünscht, es selbst aber nicht gewährleisten kann?

Oskar: Es ist sehr schwierig, glaube ich.

Also warst du selbst auch schon untreu? Oder der Betrogene?

Oskar: Nein, noch nicht. Meine Beziehungen waren dafür vielleicht nicht lang genug.

Aber grundsätzlich bist du keiner, der sich selbst von einem Fehltritt freisprechen würde?

Oskar: Nein, das kann mir natürlich auch passieren. Jedem, denke ich.

Und was meinst du mit »thematisieren«?

Oskar: Wenn es einer von beiden anspricht, weil er oder sie das Bedürfnis auf fremde Haut hat zum Beispiel.

Würde dich das verletzen, wenn deine Freundin es sagen würde?

Oskar: Ja, natürlich. Man denkt, man ist ihr nicht gut genug.

Wenn du Lust auf fremde und neue Haut hast, wäre es dann, weil deine Freundin nicht gut genug ist?

Oskar: Nein, das hat damit nichts zu tun. Es ist einfach der Reiz nach etwas anderem. Man reagiert auf das Unbekannte einfach stärker als auf den eigenen Partner.

Gehen in deinem Umfeld viele fremd?

Oskar: Ich habe schon genug mitbekommen, um es mir auszumalen. Manches bekommt man ja mit, vieles auch nicht. Aber getan wird es. Ich denke, es passiert nach Gelegenheiten, die Leute haben ja auch noch andere Verpflichtungen, als nur fremdzugehen.

Meinst du, dass die Gelegenheit die Versuchung schafft? Also die berühmte Weihnachtsfeier zum Beispiel?
Oskar: Ja schon. Noch mehr aber die Planung.

»Planung«?
Oskar: Man trifft Verabredungen, da man im Alltag zu eingespannt ist.

Meinst du, dass das Internet behilflich ist?
Oskar: Ja sehr. Das erleichtert die Kommunikation ungemein. Es gibt Untreueforen und Plattformen, die nur dafür da sind.

Und es ist anonymer.
Oskar: Genau.

Birgt aber bestimmt auch viele Gefahren bzw. Pannen. Falsche Fotos, Entdeckungsgefahr des Partners …
Oskar: Das kann natürlich alles passieren, klar.

Wenn ein Mann ein Angebot zum Sex bekäme und man würde ihm vorher zu 100 Prozent die Sicherheit geben, dass es niemals rauskäme: Wie viele würden es machen?
Oskar: Wahrscheinlich fast alle. Es dürfen aber keine frisch Verliebten unter den Befragten sein.

Die würden eher Nein sagen?
Oskar: Ja, weil sie in der Verliebtheitsphase zu fixiert auf ihre Freundin sind und noch keine Langeweile im Bett eingetreten ist.

Würdest du es machen? (Er ist seit acht Wochen in einer neuen Partnerschaft.)
Oskar: Momentan nicht.

Und was denkst du, wie viele Frauen das Angebot annehmen würden?
Oskar: Ich glaube, nicht sehr viele, da Frauen an so was grundsätzlich anders herangehen. Das wäre zu platt. Dann schon eher aus der Gelegenheit heraus. Denke ich jedenfalls.

Wie stehst du allgemein zum Thema Eifersucht?
Oskar: Nervt. Total.

Wann geht es dir zu weit?
Oskar: Wenn alles hinterfragt wird und man keine Geheimnisse mehr haben darf.

Also ins Handy gucken ist ein absolutes Tabu?
Oskar: Mit Erlaubnis nicht. Ansonsten ein absolutes No-Go.

Wäre eine ausgeprägte Eifersucht ein Trennungsgrund für dich?
Oskar: Ich denke ja. Das kann einfach nicht gut gehen.

Und du selbst warst noch nie eifersüchtig?
Oskar: Doch, früher ja. jetzt eigentlich nicht mehr.

Was denkst du, warum bist du mittlerweile entspannter?
Oskar: Weil ich mir die Frauen anders aussuche.

Das musst du mal genauer erklären!
Oskar: Ich weiß mittlerweile, wer zu mir passt.

Vielleicht hat es auch was mit dem wachsenden Selbstbewusstsein zu tun?

Oskar: Ja. Ein Punkt, der mit der wachsenden Lebenserfahrung entspannter wird. Und da bin ich sehr froh drum.

Cornelius, 41:
»Ich wurde schon zwei Mal betrogen.«

Bist du ein treuer Typ?

Cornelius: Ja. Ich bin ein treuer Mann. Wenn ich eine Beziehung eingehe, dann auch zu 100 Prozent. Da gibt es kein Rechts oder Links. Ich bin einmal im Leben untreu gewesen, und das schlechte Gewissen war riesig. Abgesehen davon, dass ich erwischt wurde.

Du wurdest beim einzigen Mal gleich erwischt?

Cornelius: Ja. Peinlich, sag ich dir. Das war mir damals eine Lehre. Ich war erst 16 Jahre alt.

Und dann war gleich Schluss mit ihr? Wo hat sie euch denn erwischt?

Cornelius: Ja, leider war Schluss danach. Verständlich, oder? Auf einer Party wurden wir erwischt von ihrem Freund, er ist natürlich gleich zu meiner Freundin gelaufen.

Also dieses Erlebnis hat dich bis heute immer treu sein lassen?

Cornelius: Ja, genau. Ich stelle mir zwar ab und zu mal was mit einer anderen Frau vor, aber dabei ist es immer geblieben. Die liebe Fantasie …

Gut, dass wir sie haben … Glaubst du an ewige Treue in einer Partnerschaft?

Cornelius: Nein. Ich glaube, dass jeder im Leben mal untreu ist. Viele Menschen gehen mit der Liebe sehr leichtsinnig um und versuchen ihren Horizont beim Thema Sex zu erweitern. Und das eben nicht immer mit dem eigenen Partner. Männer und Frauen sind genauso untreu in der Beziehung. Zum Beispiel schneller, wenn Alkohol im Spiel ist oder einfach nur die Geilheit im Schlüpper sitzt.

Würdest du einen Fehltritt verzeihen?

Cornelius: Kommt drauf an, wer es ist und wie lange es schon läuft. Aber ja, im Grunde würde ich es verzeihen können. Natürlich leichter, wenn es eine einmalige Sache war. Und meine Partnerin sollte Reue zeigen.

Also eine Affäre wäre zu viel?

Cornelius: Ja genau, eine Affäre ist eine schlimme Lüge dem Partner gegenüber.

Bist du schon mal betrogen worden?

Cornelius: Ja, leider zwei Mal. Einmal war es sogar eine Affäre. Da hatte sie mich über drei Monate hinweg belogen.

Und wie hast du das rausgefunden?

Cornelius: Das Fremdgehen habe ich von dem Typen selbst erfahren. Und die Affäre während meiner ersten Scheidung.

Und du hattest den Frauen nichts angemerkt?

Cornelius: Nein, habe ich nicht. Das Problem ist ja auch, dass man seinem Partner vertraut. Ich habe beiden Frauen Untreue nie zugemutet. Es hat mich beide Male sehr tief getroffen.

Du bist also auch nie ein eifersüchtiger oder misstrauischer Typ gewesen?

Cornelius: Ich bin eher ein Mann mit geringer Eifersucht, wenn sie mir keinen Grund dazu gibt.

Fällt es dir denn mittlerweile schwer, wieder zu vertrauen?

Cornelius: Ja, ich bin jetzt ein gebranntes Kind in dieser Hinsicht. Aber ich glaube noch an die Liebe. Aber eine gewisse Vorsicht ist immer im Hinterkopf, denke ich.

Also wärst du in einer neuen Beziehung wachsamer?

Cornelius: Ja, ich achte jetzt mehr auf Kleinigkeiten und beobachte mehr. Ich spreche es auch schneller an, wenn mir etwas komisch vorkommt.

Wenn du mal in deinem Umfeld guckst: Ist da Untreue häufig?

Cornelius: Ja, leider höre ich davon in letzter Zeit häufiger. Besonders im Frühling.

Und kommt nach der Untreue dann häufig die Trennung in deinem Umfeld?

Cornelius: Ja leider, sie nehmen sich aber alle nicht viel, finde ich. Oft sind beide untreu gewesen und verurteilen trotzdem den anderen deswegen. Verrückte Welt.

Meinst du, dass ein Gespräch helfen würde, wenn man den Drang zum Fremdgehen hat? Also Offenheit mit dem eigenen Partner?

Cornelius: Nein, mit offenen Beziehungen können und wollen die meisten nichts zu tun haben.

Also wünschen sich alle eine treue Beziehung, halten sie aber selbst nicht ein?

Cornelius: Genau so ist es.

Was meinst du, wie man dem entgegenwirken kann? Kann man das überhaupt?

Cornelius: Man muss sich vorher einfach im Klaren sein, dass eine feste Beziehung Treue mit sich bringt. Ansonsten sollte man eine

Freundschaft mit gewissen Vorzügen führen, in der man keine Rechenschaft ablegen muss.

Meinst du, dass das geht?

Cornelius: Na ja, ich hatte das gerade. Gefühle kommen dann früher oder später doch irgendwann auf. Gefühle gehören zu dem Menschen dazu. Dazu zählen Liebe, Eifersucht, Freude, Traurigkeit, Lust usw. Und das ist doch genau das, was uns ausmacht …

Wenn ein Mann ein Angebot zum Sex bekäme und man würde ihm vorher zu 100 Prozent die Sicherheit geben, dass es niemals rauskäme: Wie viele würden es machen?

Cornelius: 70 Prozent, schätze ich. Bei beiden Geschlechtern!

*

Mein Fazit: Vor Untreue ist keiner gefeit. Egal, wo für jeden Einzelnen Untreue anfängt, im Endeffekt muss es jedes Paar in seiner eigenen Beziehung selbst ausloten. Die Grenzen können sich mit den Jahren verschieben, das war aus den Männermeinungen deutlich zu erkennen. Also bleibt mein Rat an alle Paare: Reden, reden, reden. Es kann jedenfalls nicht schaden.

KAPITEL 5

DOS & DON'TS

Pupsen, Rülpsen ... Rosenduft?

Es kann kneifen, ziehen und rumpeln im Bauch, aber Frauen verkneifen sich körperliche Erleichterung jeglicher Art in Anwesenheit von Dritten.

Ich habe noch nie eine Frau gesehen, die in einem atemberaubenden Abendkleid ein Bein zur Seite streckt, laut drauflosknattert und sagt: »Ah, das war aber nötig. Was keine Miete zahlt, muss eben raus.« Wollen wir wetten, dass dieses Szenario vor Ihrem inneren Auge gerade einen Mann als Hauptdarsteller hat? Genau! Aber warum ist das so?

Okay, Männer machen so etwas auch nicht unbedingt im Smoking. Aber wenn, dann würden wohl eher Männer auf diese Idee kommen als Frauen.

Finden es Männer eigentlich total albern und überzogen, dass wir Frauen uns da »so haben«? Wäre es ihnen lieber, wenn Frauen sich einfach weniger Gedanken darüber machen würden? Finden sie diesen Punkt an uns vielleicht sogar verklemmt? Oder ist es für Männer genau so richtig, dass Frauen in dieser Angelegenheit eher zurückhaltend sind?

Yoran, 47:

»Ich war fünf Jahre verheiratet und habe meine Frau nicht ein einziges Mal furzen hören.«

Ich sitze bei ihm und seiner hübschen Freundin zu Hause bei einer Tasse Kaffee. Sie sind erst kurz zuvor aufgestanden, es ist früher

Nachmittag. Beide arbeiten im Nachtleben, sehen aber überhaupt nicht verlebt aus. Glücklich und noch etwas verschlafen würde es besser treffen.

Ihr Ruf drang bis zu mir, was mich sehr neugierig gemacht hat: Sie führen seit bereits einigen Jahren eine offene Beziehung – und das erfolgreich.

Ich habe gehört, dass du nicht der Unerfahrenste auf sexueller Ebene bist. Dein Ruf eilt dir voraus …

Yoran: Das habe ich mir schon gedacht. Ich mache auch kein Geheimnis daraus, dass Sex ein wichtiger Bestandteil meines Lebens ist. Und als Fotograf bin ich oft auf Berliner Fetischpartys zu finden und daher kenne ich sehr viele Leute. Und viele kennen mich.

Dann gibt es bestimmt nichts, was dir auf sexueller Ebene fremd ist, oder?

Yoran: Ich glaube behaupten zu können, dass ich fast alles schon erlebt oder gesehen habe. Und damit fühle ich mich sehr gut.

Wie sind denn deine bisherigen Erfahrungen mit Frauen und dem Thema Pupsen?

Yoran: Da fällt mir gleich meine Exfrau ein. Mit ihr war ich fünf Jahre lang verheiratet, und wir haben nahezu jeden Tag zusammen verbracht, aber ich habe sie nicht ein einziges Mal furzen hören. Ich frage mich bis heute, wie sie das gemacht hat. Sie hat immer gesagt, dass sie das einfach nicht muss.

Glaubst du daran oder hat sie sich dafür eher in eine ruhige Ecke zurückgezogen?

Yoran: Furzen muss jeder mal. Da kann man mir erzählen, was man will. Sie hat normal gegessen und eine normale Verdauung gehabt wie jeder andere Mensch auch. Ich denke, dass sie dann einfach zur Toilette gegangen ist, wenn sie es grummeln gespürt hat.

Ist es denn für Männer unsexy, wenn sie eine Frau pupsen hören?

Yoran: Also es gibt in diesem Punkt zwei Kategorien von Frauen. Zur ersten zähle ich zum Beispiel eine Frau, die einen halben Kopf größer war als ich. Stell dir mal eine große, stämmige Frau vor. Die hat ihren Arsch von der Couch hochgehoben, einen lauten Knatterfurz gelassen und dann noch mit erhobener Faust »Strike!« gebrüllt. Da dachte ich mir mit verzerrtem Gesicht, dass ich so was nun wirklich nicht hören und sehen möchte. Da hätte dem Klang nach nicht mehr viel gefehlt, da wäre was im Höschen gelandet … In die zweite Kategorie zähle ich kleine Pups-Ausrutscher, die jedem mal passieren dürfen. Auch Frauen.

Da hast du mit ihr ja einen Volltreffer gelandet. So extrem passiert das wohl sehr selten. Hoffe ich. Oder?

Yoran: Ja, zum Glück musste ich mir das nicht öfter anhören. Wohingegen ein kleines Püpschen wirklich halb so wild ist. Da fällt mir eine Szene ein, in der meine Freundin und ich weiblichen Bettbesuch hatten, als ihr versehentlich ein kleiner Zischer entwichen ist. Das Gelächter war groß und die ganze Situation echt witzig. Manchmal kann das auch sehr niedlich sein, wenn sie sich ertappt fühlt und ganz rot wird. Aber auch ich als Mann habe schon einige peinliche Erlebnisse gehabt …

Na jetzt hast du mich. Erzähl!

Yoran: Ich bekam Besuch von einer jungen Frau, die ich schon seit Wochen total heiß fand. Wir kauften alle Zutaten für Sushi ein und wollten es zu Hause selbst zubereiten, was allerdings als Anfänger auf diesem Gebiet mächtig in die Hose ging. Da lag nur ein matschiger Haufen halb gerolltes Etwas mit Fischgeruch. Der Lachs war aber so teuer gewesen, dass ich diesen schnell aufaß, bevor wir uns auf den Weg machten, professionelles Sushi essen zu gehen. Da wollte ich mich nicht lumpen lassen, denn ich wollte mit ihr später noch zum Nachtisch übergehen. Dort angekommen, hatte ich eine weitere Portion Sushi gegessen, die weitaus appetitlicher aussah als mein Fisch-Reis-Häufchen vorher. Danach sprangen wir ins Auto, weil ich ihr einige Sehenswürdigkeiten zeigen wollte. Noch bevor wir das erste Ziel erreichten, spürte ich in meinem Bauch ein heftiges Grummeln und Rumpeln, was mich sogar nötigte, das Radio lauter zu machen. Was ist denn jetzt los?, dachte ich, während der Fisch in meinem Bauch Breakdance machte. Schon an der nächsten Ampel nötigte mich mein Darm mit lauten Beschimpfungen, in den nächsten 90 Sekunden dringend eine Toilette aufzusuchen.

Meine Augen erblickten mit geballter Erleichterung einen Burger King auf der anderen Seite. Quer über die Straße, rauf auf den Parkplatz und mit einer Vollbremsung in letzter Minute sprang ich mit hochrotem Kopf in den Burger King. Sogar die Fahrertür meines Autos ließ ich offen stehen, stets im Kampf mit meinem Schließmuskel. Aus dem Augenwinkel vernahm ich noch ihren fragenden »Willst du jetzt auch noch einen Burger?«-Blick, aber mir blieb nicht mal Zeit für ein einziges erklärendes Wort.

Was in den nächsten Minuten passierte, willst du nicht detailliert von mir hören, glaube mir. Jedenfalls ging ich dann wieder mit einer normalen Gesichtsfarbe zum Wagen zurück und erklärte mich ihr damit, dass ich dort jemanden kennen würde und etwas Geschäftliches zu klären hatte.

Ich überspielte die Situation gerade mit einer witzigen Geschichte aus meinem Leben, als wir an die nächste Ampel fuhren. Der Bremsvorgang regte meinen Darm erneut an. Das war also noch nicht alles, schoss es mir durch den Kopf. Verdammt! Ich bog ab, und meine Wohnung war nur noch wenige Minuten entfernt, ich musste nur noch durch ein bewaldetes Stück Landstraße fahren. An Sehenswürdigkeiten war nicht mehr zu denken. Genauso wenig wie an ein Gespräch, denn der einzige Dialog, auf den ich mich konzentrieren konnte, fand innerlich zwischen meinem Willen und meinem Enddarm statt. Die Intensität meines Bedürfnisses erreichte nach wenigen Minuten ein ganz neues Level.

Scheiße!

Yoran: In der Tat! Scheiße. Ja. Also, meine Augen suchten während der Fahrt das Waldstück ab, denn hinter nahezu jedem Baum sah ich mich schon hocken. Doch vor ihr wollte ich mir natürlich so wenig wie möglich anmerken lassen. Obwohl ich nicht dran geglaubt hatte, schaffte ich es irgendwie auf den Parkplatz auf meinem Hof. Die drei Türen, die mich dann noch von meiner Toilette trennten, habe ich noch nie so verflucht wie in diesem Moment.

Irgendwie schaffte ich es noch in friedlicher Korrespondenz mit meinem Schließmuskel bis zur Toilette. Da gab es dann ein heftiges Feuerwerk. Während ich da so saß, erleichtert und glücklich, stellte ich mir meine Begleitung vor, wie sie ungläubig auf dem Flur stand. Und bei dem Gedanken daran musste ich dann plötzlich laut anfangen zu lachen und konnte auch so schnell nicht mehr damit aufhören. Spätestens ab diesem Moment hielt sie mich bestimmt für völlig irre.

Und? Ging da dann später noch was?

Yoran: Sehr, sehr viel später, ja. Sie hatte auch nicht weiter nachgefragt, und dann war dieser ganze Stress auch schnell wieder vergessen. Mittlerweile weiß ich übrigens, was mich da so gequält hat. Ich vertrage nämlich keinen rohen Fisch. Das Fischeiweiß war der Übeltäter gewesen. Gut, dass ich das heute weiß. Sushi ist für mich bei einem Date gestorben.

Hättest du heute etwas anders gemacht? Es ihr vielleicht einfach erzählt?

Yoran: Nein, ich denke nicht. Da ist das Schamgefühl und natürlich der männliche Stolz im Weg.

Das ist bei Frauen nicht anders. Wir müssen ja auch grundsätzlich nie pupsen, rülpsen oder dringend auf die Toilette.

Yoran: Ich verstehe, wenn Frauen das als unangenehm empfinden und Angst haben, dass ihre Weiblichkeit und Attraktivität darunter leidet. Aber: Wie mit allen Dingen im Leben kann es auch sehr unsexy sein, wenn man es mit der Pingeligkeit übertreibt. Sollte es mal einen Zwischenfall geben, dann muss auch Frau sich mal locker machen können. Denn es ist auch wieder sehr sexy, wenn sie sich nicht zu ernst nimmt und über so etwas lachen kann. So ist es auch mit dem Muschipups: Jeder Mensch weiß, dass in bestimmten Stellungen Luft ihren Weg findet. Und die will dann eben wieder raus. Ist ja logisch. Aber manche Frauen haben sich in diesem Punkt komisch und schämen sich in Grund und Boden.

Also ich denke, dass eben nicht jeder weiß, wie die Luft da reinkommt und dass sie sich früher oder später ihren Weg sucht. Und deshalb ist es vielen Frauen einfach peinlich, denke ich. Vor allem bei spontanen Abenteuern. Denn in einer längeren Beziehung redet man da sicherlich schneller drüber.

Yoran: Dann kann man als Frau doch einfach sagen: »Huch, das war wohl ein Muschipups.« Auch bei einem Abenteuer.

Vielleicht sollte man das besser so machen, als die peinliche Stille im Raum stehen zu lassen.

Yoran: Ein Problem von Frauen ist aus meiner Sicht auch, dass sie so selten die Wahrheit sagen. Wenn ein Mann zum Beispiel schlecht geleckt hat, nehmen sie das meistens so hin und sagen nicht, was und wie man es verbessern soll. Und auch beim Muschipups wäre ein lockerer und erklärender Spruch besser als peinliche Stille. Denn im Zweifel weiß der Mann wirklich nicht, was genau das war, und wird es dann auch nicht erfahren.

*

Mein Fazit: (Kommt später, ich muss mal zur Toilette und ganz leise pupsen …)

Bezahlter Sex: Worin liegt der Reiz?

Laut Schätzungen des Statistischen Bundesamtes wechseln über 14 Milliarden (!) Euro jedes Jahr den Besitzer für professionellen Sex.[1] Das ist eine ganze Stange Geld. Aber warum ist das eigentlich so? Es können doch nicht Hunderttausende Männer ohne Partnerin sein, wenn sie in ein Bordell gehen? Unter den Freiern – so hört man – sind (glücklich?) verheiratete Männer, Väter, Unternehmer, Singles und alles, was es sonst noch gibt.

Es muss doch triftige Gründe geben, warum dieses Gewerbe so floriert, denke ich mir. Und diese wollte ich unbedingt erfahren.

Als ich »meinen« Männern für dieses Buch die Frage stellte, was den Reiz der Prostitution ausmacht, flogen meistens abwehrend die Hände in die Höhe. Die Bandbreite der Antworten fiel etwas monoton aus: »Woher soll ich das wissen?« war genauso oft vertreten wie »Da fragst du den Falschen!« und »So schlimm war es bei mir noch nie, dass ich für Sex bezahlen musste«. Ja ne, ist klar, dachte ich mir immer.

Warum ist das für Männer eigentlich so ein großes Tabu? Sie sind doch sonst immer so selbstbewusst und stehen zu ihrer sexuellen Einstellung. Warum ist es beim Thema Prostitution so schwierig? Innerlich muss die Einstellung dazu ja anders sein, wo würden diese 14 Milliarden Euro sonst herkommen? Die kann ja wohl kaum ein reicher Junggeselle allein versext haben. Der Arme hätte wohl eine glühende Stange …

---

1 *www.focus.de/politik/deutschland/dimension-ist-schwer-zu-beziffern-so-viele-prostituierte-leben-in-deutschland_aid_1154961.html (5. März 2015)*

Jim, 44:
»Eine Professionelle macht hinterher keinen Stress!«

Wir sitzen im Auto, und er fragt mich, wie weit ich mit dem aktuellen Buch bin.

Da platzt es nur so aus mir heraus, wie schwer es ist, die Prostituiertenfrage mit einem Mann zu besprechen. Ich hatte nämlich schon in den Tagen zuvor erfolglos versucht, den Stoff für dieses Kapitel zu sammeln.

Und obwohl wir uns nicht so oft sehen können, ist das vertraute Gefühl jedes Mal sofort wieder da. Also packe ich die Gelegenheit beim Schopfe …

Bist du schon mal bei einer Professionellen gewesen?
Jim: Unzählige Male, ja.

(Ich bin erstaunt, denn er ist ein sehr gut aussehender Typ und so stellt man sich eigentlich keinen klassischen Freier vor. Wahrscheinlich weil ich weiß, dass er genügend andere Gelegenheiten hat. Umso mehr interessiert mich, was er darüber denkt. Endlich kommt Licht ins Dunkel …) Und was macht den Reiz von gekauftem Sex aus?
Jim: Du kannst Fragen stellen … Tja, so genau habe ich darüber noch gar nicht nachgedacht. Männer müssen nicht ständig alles ergründen.

Aber es muss doch einen Grund geben, dass es so viele Männer nutzen. Die können doch nicht alle ihr Gehirn so lange in den Gefrierschrank gesperrt haben …
Jim: Nein, natürlich nicht. Weißt du, Jana, Männer sind eben nur Männer. Wir haben Triebe, die manchmal einfach befriedigt werden wollen.

Aber die kann man doch auch mit seiner Partnerin befriedigen.

Jim: Eben nicht immer. Ich persönlich – und so geht es vielen Männern, denke ich – wollte eben mal Abwechslung im Bett haben. Andere Brüste, andere Bewegungen, andere Lippen, einen anderen Geruch und – direkt gesagt – eine andere Muschi.

Da würden viele Männer eher fremdgehen.

Jim: Ja, stimmt. Ich habe auch schon Affären gehabt. Die werden aber früher oder später kompliziert und machen vielleicht Stress. Das will man ja nun gar nicht.

Also ist eine Affäre oder ein One-Night-Stand für Männer manchmal zu anstrengend?

Jim: Ja, so ist es. Was wäre denn für dich schlimmer? Wenn du erfährst, dass dein Mann eine Affäre hatte oder dass er mal für Sex in ein Bordell gegangen ist?

… wobei die Wahrscheinlichkeit, dass ein Bordellbesuch auffliegt, relativ gering ist …

Jim: Genau. Und es bedeutet auch wirklich nicht so viel, wie manche Frauen denken. Es ist eben nur Sex. Und danach ist auch wieder gut.

Ist es denn guter Sex?

Jim: Nicht immer. Auch unter Prostituierten gibt es große Unterschiede. Da hatte ich schon richtige Fladenbrote – und damit meine ich nicht das Äußere. Und dann gab es echte Granaten. Ich finde, dass man merkt, ob sie den Job gern macht. Und eine Frau, die dich gern öfter als Gast hätte, gibt sich auch viel mehr Mühe als eine, die dich nie wiedersieht. Weil sie keinen festen Arbeitsplatz hat oder im Ausland arbeitet zum Beispiel.

Nach welchen Kriterien suchst du sie denn aus?

Jim: Das ist unterschiedlich. Grundsätzlich mag ich es schlank. Und ich möchte kein Mauerblümchen im Bett haben. Da darf es gern wild und dreckig sein. Ich glaube, das ist der häufigste Grund, warum manche Männer in fester Partnerschaft zu einer Professionellen gehen: Sie können Dinge ausleben, die sie zu Hause nicht erleben. Vielleicht weil es der eigenen Frau nicht gefällt oder weil es mit der Zeit eingeschlafen ist, neue Dinge auszuprobieren.

Und gibt es auch Sachen, die du bei einer Käuflichen nicht so magst?

Jim: Ja, klar. Ich kann es nicht leiden, wenn ich merke, dass sie gerade erst von einem anderen Freier abgestiegen ist. Oder wenn ich nicht mal ein ordentliches Wort mit ihr wechseln kann. Entweder, weil sie strunzdoof ist oder weil sie erst gar kein Deutsch spricht. Da vergeht mir irgendwie die Lust.

Also intelligent sollte sie auch sein?

Jim: »Intelligent« ist das falsche Wort. Ich quatsche vorher ganz gern mit ihr, weil ich dann ein anderes Gefühl für sie bekomme. Klar, es geht vor allem um Sex. Aber irgendwie brauche ich das. Dann ist der Sex meistens auch besser.

Hast du denn das Gefühl, dass sie auf dich stehen?

Jim: Ja, manchmal merkt man schon, dass ich vielleicht ihr Typ bin. Aber warum auch nicht? Mit einer hat sich sogar mal etwas mehr entwickelt.

Etwas mehr? Wie weit ging das?

Jim: Bei ihr habe ich schnell gemerkt, dass wir auf der gleichen Welle unterwegs sind. Und dann haben wir uns auch mal privat getroffen. Doch im Unterbewusstsein wusste ich, dass es nichts Langfristiges werden konnte.

Weil sie für Geld mit anderen Männern schläft?

Jim: Das war nicht der Hauptgrund, obwohl mich das im Hinterkopf schon etwas beschäftigt hat. Aber ich hätte es wahrscheinlich akzeptiert, weil ich sie ja so kennengelernt habe. Da gab es andere Gründe in ihrem familiären Bereich.

*

Mein Fazit: Das älteste Gewerbe der Welt und damit Prostituierte haben auf Männer ihren Reiz. Und meine ganz persönliche Meinung dazu: Das ist auch okay so.

Fickt dumm wirklich gut?

Glaubt man den Klischees und Vorurteilen, die sich zwischen Männern und Frauen wacker halten, haben die Geschlechter in sexueller Hinsicht fast nichts gemein. Aber ist das so? Stimmt es zum Beispiel, dass stille Wasser tief und schmutzig sind? Oder dass Brünette besonders wild im Bett sind, Rothaarige feurig und dominant? Dass Dumm gut fickt, Männer nur das eine wollen und dass, wenn der Schwanz steht, der Verstand im Arsch ist? Oder das Vorurteil, ältere Männer würden immer auf jüngere Frauen stehen?

John, 38:

»Männer wollen oft einfach nur jagen und erlegen!«

Oliver, 26:

»Eine Rothaarige wollte mal von mir, dass ich ihr den Arsch versohle!«

Fangen wir mal mit dem ersten Vorurteil an: »Dumm fickt gut.« Was haltet ihr davon?

John: Kann ich nicht beurteilen, ich selbst hatte noch keine wirklich hohle Nuss im Bett. Obwohl, da gab es mal eine Frau, die eigentlich ganz gut im Bett war, aber bei der ich nach einigen Gesprächen einfach feststellen musste, dass sie nicht sehr intelligent ist.

Oliver: Ich glaube, dass einfach gestrickte Frauen leichter zu haben sind. Sie geben sich schneller der Situation hin und machen vielleicht mehr, als sie gerade wirklich wollen. Sie denken einfach nicht so viel nach und lassen sich mehr von außen leiten.

John: Stimmt. Eine Dumme bekommt man viel schneller ins Bett. Der kann man was vom Pferd erzählen, und die glaubt einem alles.

Das leuchtet ein. Und wie steht's um den Mythos, dass Männer unterm Strich immer nur das eine wollen?

Oliver: Grundsätzlich würde ich dem leider zustimmen. Ich bin aber etwas komplizierter, denn ich brauche für guten Sex immer ein gewisses Vertrauen und Gefühle.

John: Stimmt zu 80 Prozent. Männer sind nicht ständig daran interessiert, die Frau fürs Leben zu finden. Oft wollen Männer einfach nur jagen und erlegen. Punkt.

Oliver: Ich würde lügen, wenn ich behaupten würde, dass der Trieb bei mir nicht auch eine Rolle spielt. Aber man sollte lernen, den Kopf einzuschalten. Denn viel hilft nicht viel, so ist es auch bei Frauen.

Wie meinst du das genau?

Oliver: Auch ein Mann kann sich schlecht fühlen, wenn es zu viele Abenteuer in kurzer Zeit gibt. Ich hatte mal ein oder zwei Monate, in denen ich ziemlich aktiv war. Da hatte ich schnell den Gigolo-Ruf weg, der mir eigentlich gar nicht zusteht. Obwohl ich mich – wenn ich nachdenke – genau so verhalten habe.

John: Aber, eines muss man fairerweise auch mal sagen: Frauen wollen manchmal auch nur Sex. Ich wurde schon in Diskotheken und Clubs von Frauen angesprochen, die offen dazu gestanden haben, dass sie mich nicht kennenlernen wollen. Die Frage, ob ich mit zu ihnen kommen möchte, war schon nach zwei Sätzen präsent.

Und wie gefiel dir das?

John: Um ehrlich zu sein, machen mir solche Frauen Angst. Ich finde das nicht sehr elegant. Außerdem denke ich dann, dass sie das sehr oft macht und alle sexuellen Krankheitserreger in sich vereint. Dann fühle ich mich außerdem unter Druck gesetzt, was sie alles von mir erwartet. Nein, nein. Das ist einfach nicht meins. Ich liebe das Spiel davor, dieses Angeilen. Das überspringt man sonst ja. Und dann glaube ich außerdem, dass auf so eine Weise der Sex auch nicht sehr gut werden kann.

Nächstes Vorurteil: »Rothaarige sind feurig und dominant im Bett.«

Oliver: Oh ja. Da hatte ich mal eine, die kam aus Holland, war von Natur aus rothaarig mit großen Locken und Sommersprossen. Die hat mir in die Nippel gekniffen, gekratzt und mich keinen Moment an ihrer Dominanz zweifeln lassen. Sie wollte sogar, dass ich ihr den Arsch versohle …

John: Ich hatte nur Frauen mit rot gefärbten Haaren. Aber die waren nicht ganz so mein Fall. So gar nicht dominant. Aber ich glaube, sie wollten gern feurig sein, trugen deshalb rote Haare und waren es innerlich gar nicht.

»Wenn der Schwanz steht, ist der Verstand im Arsch« – stimmt?

John: Ja. Woher sollen sonst die Kinder aus One-Night-Stands, Affären und außerehelichen Abenteuern kommen? Die meisten Männer schaffen es eben nicht, am Eingang der Frau ihr Gehirn zu benutzen und um ein Kondom zu bitten.

Oliver: Die Lust sagt einem manchmal eben einfach: »Los, rein da!«

Holt euch dann manchmal hinterher die Realität ein?

John: Ja, absolut.

Oliver: Klar frage ich mich manchmal, warum ich das Risiko eingegangen bin.

John: Ich hatte auch mal eine, die mich um einen Aids-Test gebeten hatte. Sonst würde sie nicht mit mir schlafen.

Und?

John: Ich habe dann einen Test gemacht, was einen selbst natürlich auch beruhigt, selbst wenn man keine Zweifel hatte. Aber das war, bevor ich sie nackt gesehen hatte. Dann war der Test auch egal, es kam nie zum Sex. Aber blasen konnte sie gut. Dabei sollte sie dann ihre Klamotten auch immer anlassen.

Oliver *(lacht):* Na Herzlichen Glückwunsch. Manchmal steckt man halt drin und manchmal eben lieber nicht.

Sind stille Wasser wirklich tief?

John: Das halte ich für ein Gerücht. Da kenne ich einige Beispiele, bei denen der erste Eindruck nicht trügte. Eine Frau, die eher schüchtern ist, wird im Bett nicht plötzlich zur Wildsau.

Oliver: Oh doch! Da erinnere ich mich an zwei, drei graue Mäuse, die im Bett dann das absolute Gegenteil waren. Die haben mich geritten wie einen Stier beim Rodeo. Sie konnten beim Sex genau zeigen, was ihre Vorlieben waren und wie sie es gerne wollten. Danach waren sie dann wieder wie vorher. Da wird einem manchmal schwindelig von den Gefühlswechseln.

Gab es auch Frauen, bei denen das nicht der Fall war?

Oliver: Ja, natürlich. Dazu fällt mir nur ein Oberbegriff ein: das Brett!

John: Oh, du erinnerst mich an eine verdrängte Affäre. Die hat nie einen einzigen Ton von sich gegeben. Ein ausgeprägtes Brett.

Hatte die sonst auch eher ein ruhiges Wesen?

John: Nein, eigentlich nicht. Die war sogar ganz schön frech. Unsere Affäre begann so, dass ich ihr erzählt hatte – eigentlich beiläufig –, dass ich von ihr geträumt habe. Dann sagte sie: »Eine Beziehung will ich nicht. Aber Sex können wir haben.« So begann dann eine kurze Affäre.

Oliver: Mit einem Brett.

John: Ja, als ich erkannt hatte, dass sie nicht zu trainieren ist, habe ich es lieber schnell beendet.

Simon, 29:
»Vorurteile haben immer ihren Wahrheitsgehalt!«

Hast du öfter mit Vorurteilen zu kämpfen?
Simon: Irgendwo hat das doch jeder, oder? Man selbst ertappt sich ja auch ständig dabei.

Ja? Lass uns daran teilhaben!
Simon: Ich denke auch oft, dass Frauen immer einen reichen Mann haben wollen. Oder dass sie ständig einkaufen gehen und 100 Paar Schuhe haben. Vorurteile gibt es überall.

… was ist zum Beispiel mit dem, dass Männer in der Midlife-Crisis sich immer bedeutend jüngere Frauen suchen?
Simon: Ja, da ist wahrscheinlich was dran. Aber ich denke, dass es nur bestimmte Männer trifft. Der Vater von einem Freund hat sich mit 47 Jahren von seiner Familie getrennt und lebt jetzt mit einer Frau zusammen, die erst 31 Jahre alt ist. Und sie sollen jetzt sogar ein Baby erwarten. Echt heftig.

Woran liegt das deiner Meinung nach?
Simon: Vielleicht fragt sich ein Mann in diesen Lebensjahren, ob es das schon gewesen sein soll?

Aber sich eine Frage zu stellen heißt ja nicht gleich, das ganze Leben über Bord zu werfen.
Simon: Klar, dazu gehört mehr. Ich denke, dass einige noch mal ihren Marktwert abstecken wollen. Und dann kommt eine jün-

gere Frau, himmelt ihn an, und er geht darauf ein. Das hat auch viel mit dem Selbstbewusstsein zu tun, denke ich. Ein Mann, der ein starkes Selbstwertgefühl hat, braucht sich nichts zu beweisen.

Und was ist mit dem Klischee, dass der Mann nicht für den Haushalt geschaffen ist?

Simon: Verdammt. Stimmt. Klingt altmodisch, ist aber so: Das ist einfach Mädchenarbeit. Sorry.

Echt jetzt?

Simon: Na ja, wenn beide im Berufsleben stehen, sollte man diese Arbeit natürlich auch teilen, ganz klar. Aber Männer machen es einfach nicht gern. Nicht umsonst sehen Junggesellenbuden so aus, wie sie aussehen. Ich spreche aus Erfahrung.

Dreckige Socken über der Stuhllehne inklusive?

Simon: Ich enthalte mich meiner Stimme an diesem Punkt lieber.

Schweigen also … Wie bei dem Vorurteil, dass Männer nicht über ihre Gefühle sprechen etwa?

Simon: Bei mir stimmt das nicht. Ich rede mit meiner Freundin sehr gern darüber. Ich finde es nur ehrlich, wenn sie von meinen Gedanken weiß. Ich möchte ja auch ihre wissen.

Männer wollen bei oder nach einem Streit »ins Feuer gucken« und in Ruhe gelassen werden … Stimmt das?

Simon: Ja, stimmt. Man muss nicht alles breitreden, das macht es aus meiner Sicht noch schlimmer. Ein Mann muss einfach auch mal Zeit zum Nachdenken haben und in sich gehen können. Da wären wir schon beim nächsten Vorurteil, welches auch stimmt. Multitaskingfähigkeit. Ihr Frauen könnt streiten und darüber nachdenken gleichzeitig, nebenbei noch die Wohnung aufräumen und eine SMS tippen. Bei uns geht das nicht. Wir brauchen dafür Zeit.

Was ist mit dem Gerücht, dass ihr immer und überall das Bedürfnis habt, euch am Sack zu kratzen – und dieser Sachen meistens auch nachgeht?
Simon: Stimmt! Basta.

Ähm, Moment mal! Warum macht ihr das? Ich meine, wenn es juckt, kann man es doch auch diskreter machen, oder?
Simon: Das passiert eher unbewusst. Bei einem Mann hängt eben was rum, was mal gerichtet werden muss. Das könnt ihr nicht nachvollziehen. Dafür sehe ich oft Frauen, die ihren BH-Träger richten oder ihre Haare durchwühlen. Ist genau dasselbe: Euch stört was, und ihr wollt es richten.

Und wie ist's mit der Penislängenlügen? Zwei Zentimeter plus?
Simon: Hmmm. Was soll ich da jetzt sagen. Kann schon sein. Jeder Mann hätte gern den schönsten und größten Penis, den eine Frau bislang im Bett hatte. So wie Frauen gern die schönsten und prallsten Brüste hätten.

Noch mal zur Multitaskingfähigkeit: Sind Denken und eine Erektion vereinbar?
Simon: Jetzt wirst du aber gemein. Das ist von Mann zu Mann unterschiedlich. Ich kenne viele, bei denen es nicht so ist, ja. Ich persönlich denke aber immer nach, auch wenn er schon in Betriebstemperatur ist. Das hat mir schon einige Male die Situation gerettet.

Fällt dir eine ein?
Simon: Ich hatte zum Beispiel mal einen One-Night-Stand mit einer Frau. Wir waren bei ihr und schon mitten im Vorspiel, als ich bemerkte, dass auf dem Nachttisch ein Foto von ihr mit einem Mann stand. Sie sagte, dass es ihr Freund wäre und das zwischen uns nur ein Abenteuer. Auf meine Frage hin, wo er an diesem Abend sei,

sagte sie, dass er mit Freunden unterwegs wäre und immer erst in den Morgenstunden kommen würde. Und obwohl ich wirklich sehr heiß und schon kurz davor war, mit ihr zu schlafen, bin ich doch lieber gegangen. Ich wollte einfach vermeiden, dass er kommt und ich Ärger mit ihm bekomme, ganz zu schweigen von dem Stress, den sie dann gehabt hätte. Und in der Tat, genau als ich in mein Auto vor dem Haus gestiegen war, hielt ein Taxi und er stieg aus. Was für ein Glück. Ich glaube, viele Männer hätten doch schnell noch »abgeschlossen«, anstatt gleich zu gehen. Doch dann wären wir bei seiner Ankunft mittendrin gewesen …

Da hast du aber ein gutes Gespür gehabt. Hast du sie denn noch mal wiedergesehen?

Simon: Nein, das wollte ich dann doch nicht unterstützen. Obwohl sie echt heiß war.

Ein letztes Vorurteil: »Männer denken, dass eine Frau nur Spaß am Sex hatte, wenn sie gekommen ist.«

Simon: Da ist was dran. Ich schließe in diesem Punkt vielleicht zu sehr auf mich. Wenn ich nicht komme, dann muss der Sex miserabel gewesen sein. Ich fürchte, da hat Mutter Natur den Frauen unrecht getan. Wenn Frauen ebenso unkompliziert kommen würden wie wir Männer, dann würde es viele sexuelle Probleme zwischen den Geschlechtern nicht geben. Davon bin ich überzeugt.

Stefan, 37:
»Der Weg ist oft schöner als das Ziel!«

Fällt dir ein Vorurteil ein, welchem du immer wieder begegnest?

Stefan: Klar, der Klassiker! »Ihr Männer wollt immer nur dasselbe!«

Ist das nicht so?

Stefan: Klar ist das so! Aber Frauen wollen auch Sex! Keine Frau fühlt sich wohl damit, wenn sie nur wegen ihrer tollen Kumpelhaftigkeit oder ihrer rhetorischen Fähigkeiten beachtet wird. Frauen wollen begehrt werden. Oder sehe ich da was falsch?

Aber viele Frauen würden die Begehrt-sein-Phase gern länger genießen und nicht ganz so schnell zum Eingemachten kommen.

Stefan: Das ist richtig! Deswegen finde ich es auch viel interessanter, wenn eine Frau nicht beim ersten Treffen in die Kiste hüpft! Begattungsversuche sind reizvoll! Sie schulen die eigenen Fähigkeiten, sie lassen Frauen schweben, und sie machen den Mann an sich auch interessanter!

Aber ist das den Männer nicht manchmal auch zu anstrengend? Und vor allem: Macht man dieses ganze Tamtam auch für einen One-Night-Stand? Oder nur bei einer Frau, an der man echtes Interesse hat?

Stefan: Klar ist das anstrengend. Aber vor den Erfolg haben die Götter nun mal den Schweiß gesetzt. Ernsthaft: Es ist lohnenswerter, eine Frau zu umgarnen, die es einem nicht so leicht macht. Das sind in der Regel Frauen mit Köpfchen. Und zu gutem Sex braucht es auch eine gute Portion Fantasie. Auch bei einem One-Night-Stand.

Also siehst du das aus der klassischen Jäger-Sicht? Wenn das Reh sich von allein vor die Füße legt und sich tot stellt, willst du kein Aasfresser sein?

Stefan *(überlegt)*: Hmmmm …

Anders gesagt: Je schwerer die Schlacht, desto größer der Sieg?

Stefan *(lacht und grübelt)*: Nicht ganz. Der Weg ist manchmal das Ziel.

Also können ein heißer Flirt und ein paar Andeutungen auch für Männer manchmal ausreichend sein? Und man muss nicht immer direkt im Bett landen?

Stefan: Kann, ja. Muss aber nicht. Ein richtig toller Flirt hinterlässt Spuren. Bei beiden. Und das schließt auf Dauer das Bett nicht aus.

Also über kurz oder lang möchte der Jäger dann das Vieh doch erlegen?

Stefan *(lacht herzhaft)*: Frauen sind doch kein Vieh! Höchstens Häschen … Klar geht es letztendlich um Sex! Alles andere wäre gelogen. Aber Sex ist ja nicht immer nur der Akt. Verbalerotik im Flirt ist geil. Und schafft auch schon eine mentale Befriedigung. Wenn es dazu noch zum »richtigen« Sex kommt, ist das eine optimale Erweiterung!

Dann ist das Vorurteil ja doch irgendwo richtig …

Stefan: Klar. Aber es zählt eben für beide Geschlechter!

Ich glaube, dass viele Frauen nach außen nicht so denken wollen, weil sie sich sonst billig fühlen. Oder Angst davor haben, dass der Mann sie dafür hält.

Stefan: Bingo!

Wer verurteilt schneller? Männer oder Frauen?

Stefan: Ich denke, oberflächlich betrachtet, verurteilen Frauen um einiges schneller! In der Tiefe betrachtet, denke ich, kommt es auf regionale, soziologische und kognitive Hintergründe an. So werden Menschen mit ausgeprägten empathischen Fähigkeiten nicht ganz so schnell verurteilen.

Und was sagst du dann zu dem Vorurteil »Dumm fickt gut«?

Stefan: Nö. Na ja … Bzw. kommt es auf den Anspruch des Jeweiligen an! Wer wenig in der Birne hat, wird mit einfachem Gerammel zufrieden sein. Und dazu gehört nicht viel.

Hattest du denn selbst mal eine Frau im Bett, die wirklich nicht die hellste Kerze auf der Torte war?
Stefan *(bekommt ganz große Augen)*: Ja. Eine. Oh mein Gott …

Wie war's?
Stefan: Da war wirklich nicht viel Spaß dabei! Ich hatte aufgrund der öden Gespräche im Vorfeld schon gar keine große Lust, mich weiter mit ihr zu beschäftigen. Es war halt Sommer.

Also hast du sie dann schnell mit ins Bett genommen, damit du nicht mehr mit ihr reden musst?
Stefan: Nein, ich habe relativ schnell Schluss gemacht, damit ich meine Zeit nicht vergeude! Sorry, war einfach so.

*

Mein Fazit: Dumm fickt also gar nicht gut? Männer wollen wirklich nur das eine! Und der Verstand ist bei Männern wirklich im Arsch, wenn der Schwanz steht …

Babyblaue Potenzverstärkung

Als Viagra Ende der 90er mit einem großen Medienspektakel auf den Markt kam, freuten sich viele potenzschwache Männer auf die Wiedergeburt ihrer Sexualität. Doch sind die Konsumenten von Viagra und Co. wirklich alle »bedürftig« zwischen den Beinen? Wie wirkt es überhaupt? Und sind damit wirklich alle Bettprobleme gelöst, wie es sich viele davon versprechen?

Ich habe nahezu alle Männer bei meiner Recherche gefragt, ob sie schon mal Viagra genommen haben. Als ich die ersten 20 den Kopf schütteln gesehen habe, stellte ich meine Strategie um. Ich fragte sie zuerst nach ihrer Meinung zu dieser Pille und fiel nicht gleich mit der Tür ins Haus. Das klappte schon besser. Und in der Tat waren zwei Männer bereit, mir ihre völlig unterschiedlichen Meinungen und bei einem sogar die Erfahrungen zu erzählen …

Rene, 41:
»Wenn ich Viagra bräuchte,
dann würde ich den Sex ganz sein lassen.«

Viagra – was denkst du darüber?

Rene: Wenn man diese Pillen braucht, um überhaupt Sex zu haben, dann habe ich absolutes Mitleid.

Wie meinst du das genau?

Rene: Für einen Mann ist die eigene Potenz ultrawichtig. Wenn der Riemen, so nenne ich ihn jetzt mal, hart und stramm zu

Diensten steht, dann fühlt ein Mann sich so richtig männlich. Noch männlicher geht es kaum. Und ich glaube, dass das Ego sehr leidet, wenn sich Potenzprobleme einstellen. Bei Frauen ist das einfacher. Für viele Frauen ist zum Beispiel die Brust ein sehr weibliches Merkmal. Stimmt damit etwas nicht, kommen Push-ups, Form-BHs und nicht zuletzt Schönheitschirurgenhände zum Einsatz. Dann ist wieder alles perfekt. Wir können uns keinen schöneren, härteren oder größeren Prügel operieren lassen.

Aber Potenzmittel wie Viagra, Levitra und Cialis sind ja schon eine Möglichkeit, um die Standhaftigkeit eines Mannes im Bett zu pimpen.

Rene: Ja, schon. Aber nicht so dauerhaft wie Silikonkissen. Und außerdem darf man die Nebenwirkungen nicht vergessen. Ich selbst habe zwar noch nichts in dieser Art genommen, aber es ist und bleibt ein chemisches Medikament. Und die sind eben nie ganz ungefährlich.

Hattest du selbst schon mal Potenzprobleme?

Rene: Klar. Jeder Mann hatte schon mal Probleme damit. Aber das hatte andere Gründe.

Welche denn genau?

Rene: Du willst aber auch alles wissen … Also Alkohol in größeren Mengen ist ein besonders schlechter Berater für mich. Und wenn mich etwas abturnt, dann kann es auch ganz schnell vorbei sein. Aber ich denke, das geht nicht nur mir so.

Ich finde es ganz spannend, die Erregung eines Mannes daran zu erkennen. Und wenn ihn gerade etwas abturnt und sein Schwengel trotzdem prall steht, dann wäre es ja auch nicht echt. Ich glaube, die Lust des Mannes wäre ja trotzdem getrübt. Viagra ist eben kein Lustmacher im direkten Sinne, nur eine Potenzhilfe.

Rene: Genau. Ich denke, das wäre mir alles zu kompliziert. Und ich glaube, dass ich die Lust am Sex verlieren würde, wenn ich ständig echte Potenzprobleme hätte. Vielleicht würde ich es sogar ganz sein lassen.

Was? Echt?

Rene: Guck mal, wenn der Sex und meine Erektion so sehr im Mittelpunkt stehen würden, würde der Sex für mich seine Leichtigkeit verlieren. So stelle ich es mir jedenfalls vor. Und alles Verkrampfte turnt mich schon mal grundlegend ab.

Aber die meisten Männer wollen gern Sex haben, und nur der Blutfluss spielt nicht mehr mit.

Rene: Ist mir schon klar. Vielleicht würde ich ja doch zu solchen Mitteln greifen, wenn es nötig wäre. Aber solange ich damit nichts zu tun habe, bin ich erst mal glücklich.

Also würdest du es nicht mal testen wollen? Auch ohne Potenzprobleme?

Rene: Nein. Ich kenne einige Männer in meinem Umfeld, die es schon probiert haben. Und fast alle hatten starke Kopfschmerzen und manche hat die Dauerlatte sogar genervt.

Ist die denn wirklich stundenlang da?

Rene: Gute Frage. Es hörte sich so an. Vielleicht fragst du da mal einen, der damit eigene Erfahrungen hat.

Anton, 29:

»Hin und wieder nehme ich Viagra ganz gern.«

Welche Erfahrungen hast du mit Viagra gemacht?

Anton: Meine ersten Erfahrungen mit Viagra habe ich mit etwa 25 Jahren gemacht und fand es toll.

Wie kommt man bitte mit 25 Jahren schon darauf, Viagra zu nehmen? Du wirst da ja sicherlich keine Probleme mit der Potenz gehabt haben, oder?

Anton: Nur selten. Aber ich neige leider dazu, wenn ich sehr aufgeregt bin. Und als ich mit meinem besten Freund einen Dreier geplant hatte, habe ich mich damit zum ersten Mal beschäftigt.

Im Internet belesen?

Anton: Bevor ich das getan habe, habe ich einen Kumpel nach seinen Erfahrungen gefragt. Er nahm regelmäßig welche und hielt nicht hinterm Berg damit. Ich habe es so unauffällig wie möglich angesprochen, weil es mir doch ein wenig peinlich war. Aber nichts geht über Erfahrungen aus erster Hand.

Und er hat dir was genau gesagt?

Anton: Dass er es am Anfang nur zum Spaß genommen hat und es ziemlich geil war. Die Frauen sind wohl nach einer Nacht mit ihm breitbeinig gelaufen. Aber irgendwann hat er den Konsum nicht mehr unter Kontrolle gehabt und hat seitdem wohl echte Potenzprobleme.

Und das hat dich nicht abgeschreckt?

Anton: Irgendwie nicht. Er meinte, dass er es aber nur unregelmäßig nehmen würde.

Also hast du dir dann eine Viagra für den Dreier besorgt?

Anton: Ich hatte mir zwei besorgt. Ich wollte es vorher testen, damit ich weiß, wie es ist. So war die Gefahr geringer, dass es Überraschungen beim Dreier gibt.

Und wie war die Testphase?

Anton: Anders als ich gedacht hatte. In meiner Vorstellung dachte ich, dass man dauergeil ist und nur Sex will. So war es aber nicht. Nur der Körper hat auf die Tablette reagiert, nicht die Libido.

Kannst du das genauer beschreiben?

Anton: Ich hatte sie an einem Samstagnachmittag genommen, als ich vor dem Fernseher saß und Fußball geguckt habe. Es dauerte über eine Stunde, bis ich etwas bemerkt habe. Ich war auf dem Weg zur Toilette, und bei der Berührung meines Freundes da unten stand er plötzlich wie der Fernsehturm. Sehr unvorteilhaft, wenn man sich erleichtern möchte. Meine Kloschüssel ist ja schließlich nicht an der Decke.

Und wie hast du das Problem dann gelöst?

Anton: Ab zum Waschbecken und die Schlange gewürgt.

Und dann war es besser?

Anton: Ja, im ersten Moment schon, danach konnte ich wenigstens kurz auf Toilette gehen. In den Stunden darauf hat nur ein einziger Gedanke an Sex ausgereicht, um mir eine Monsterlatte zu bescheren. Das Problem ist, dass ich sehr oft an Sex denke. Wie oft, habe ich an diesem Tag erst festgestellt.

Und dann immer ab zum Waschbecken?

Anton: Die Couch war auch gemütlich … Wobei ich nach dem zweiten Mal schon gar keine Lust mehr hatte. Das war ein wenig blöd, denn die Wirkung hielt bei mir etwa acht Stunden an.

Und wie war es, als du dann den Dreier hattest?

Anton: Ich habe schon zwei Stunden vor unserem Treffen die Pille genommen. Ich wollte sowieso noch Hand anlegen, damit ich nicht zu schnell »Erster!« sagen muss. Als es dann so weit war, war es einfach nur der Hammer. Schon bevor wir überhaupt angefangen haben, war ich sichtlich betriebsbereit. Nur wenige Gedanken haben dafür ausgereicht. Ein sehr komfortabler Zustand. Ich habe mich so potent wie noch nie zuvor gefühlt. Männlich, standfest, sexy. Das war toll. Und für Runde zwei war ich schneller fit als je zuvor. Eine tolle Erfahrung.

Aber der Sex an sich war nicht anders?

Anton: Nein, genauso wie sonst. Nur dass man sich als Mann schon öfter Gedanken macht, ob der eigene Freund mitspielt. Manchmal kann das eine richtige Last sein. Kein Mann möchte versagen. Dabei hilft mir Viagra öfter. Gerade, weil ich bei Aufregung sehr dazu neige, meine Standfestigkeit zu verlieren. Da haben Frauen es schon einfacher. Da muss nichts zwingend einsatzbereit sein. Und wenn es mal nicht so »flutscht«, dann wird einfach Gleitgel zu Hilfe genommen.

Hattest du die ganze Zeit der Wirkung eine Dauererektion?

Anton: Nein, bei mir war es nicht so. Er stand nur viel schneller und war nach einem Orgasmus kurz danach fast sofort wieder einsatzbereit. Ein geiler Gedanke oder eine Berührung haben schon genügt.

Und wie oft nimmst du es heute?

Anton: Nur alle paar Monate. Ich habe zum Beispiel eine Freundschaft-plus-Freundin, die ich nur sehr selten sehen kann. Mit ihr sind die Nächte immer sehr intensiv und herausfordernd. Da nehme ich mittlerweile immer eine davor. Oder wenn ich schon sehr lange geil auf eine Frau bin und es dann endlich zum Sex kommt.

Hast du einen Rat für die Männer, die auch mal darüber nachdenken, Viagra zu nehmen?

Anton: Ich finde, dass es jeder mal probiert haben sollte. Einfach um mitreden zu können. Aber nicht übertreiben, wie bei meinem

Kumpel zum Beispiel. Er hat heute ohne Viagra enorme Probleme mit seiner Potenz. Reine Kopfsache, wenn du mich fragst.

*

Mein Fazit nach den zwei völlig verschiedenen Meinungen: Ich kann jeden Mann verstehen, der Viagra und Co. ausprobieren möchte. Wenn es ein Mittel für Frauen gäbe, würde ich es aus purer Neugier (und natürlich aus Recherchegründen) genauso ausprobieren. Renes Meinung fand ich ebenso interessant. Was denken Sie? Vielleicht nehmen Sie sich das Thema mal mit Ihrem Partner vor? Vielleicht machen Sie bald ihre ganz eigenen Erfahrungen?

Der G-Punkt des Mannes

Rotwein, Antipasti, angenehme Musik und eine volle Vase weißer Tulpen vor mir auf dem Tisch. Angenehmer bin ich selten in ein Interview gestartet. Und es sollte mit jeder Minute besser werden.

Jens ist nicht nur wegen seiner angenehmen Erscheinung der ideale Partner für ein Gespräch über erotische Themen, sondern er strahlt auch noch Offenheit, Toleranz und eine beruhigende Wärme aus. Das mag unter anderem daran liegen, dass er in seinem Leben schon außergewöhnlich viel erlebt hat und mir damit das Gefühl gibt, ihn alles fragen zu können. In den 1990er-Jahrn hat er zum Beispiel eine Ausbildung zum Tantra-Masseur gemacht und betreibt dies seither leidenschaftlich als Hobby. Er ist dadurch einer der wenigen Männer, die mit mir offen über anale Stimulation bei Männern sprechen.

Lieber Leser, holen Sie sich doch ebenfalls ein Glas Wein und ich nehme Sie mit in ein aufschlussreiches und äußerst interessantes Gespräch über das (leider auch noch in der heutigen Zeit) Tabuthema Prostata. Schnallen Sie sich lieber an …

Ach so: Und Prost!

Jens, 41 Jahre:

»Jeder Mann hat mehr als nur eine erogene Zone.«

In deiner sexuellen Ausrichtung würdest du dich am ehesten als bisexuell beschreiben, richtig?

Jens: Genau. Ich bin auch viele Jahre mit einem bisexuellen Mann zusammen gewesen. Wenn ich an ihn zurückdenke, fällt mir als

Erstes ein, dass er extrem attraktiv war. Wenn ich mit ihm irgendwo in ein Restaurant gegangen bin, hat mich neben ihm keiner wahrgenommen, weil er so anziehend war. Vor allem auf Frauen hatte er diese Wirkung.

Klingt nach einem Jackpot.

Jens: Eben nicht. Der Haken war, dass er keinen Spaß am Sex hatte. Er sagte immer: »Sex ist wie Zähneputzen, muss man halt machen.« Die armen Frauen, die mit ihm geschlafen haben. Da kam keine auf ihre Kosten. Genauso wenig wie ich.

Dann war es wohl doch nichts für die Ewigkeit.

Jens: Nein. Stimmt. Worauf ich aber hinauswill, ist Folgendes: Ich denke, dass nahezu jeder Mann in seinem Leben ein bisexuelles Interesse hat.

Frauen auch, denke ich.

Jens: Ja, absolut. Nur dass es in dem Fall salonfähiger ist.

Verrückt eigentlich … Es ist doch in beiden Fällen dasselbe Geschlecht …

Jens: Ja, aber es passt einfach nicht ins Bild. Es passt evolutionstechnisch schon nicht.

Aber zwei Frauen können allein auch kein Baby machen.

Jens: Nein, aber der Mann ist derjenige, der sein Sperma in möglichst viele Weibchen streuen soll. Und wenn ein anderer Bock ins Gehege kommt, dann wird der eben bekämpft. Im Tierreich gibt es immer nur einen Anführer. Aber viele Weibchen im Rudel.

Da ist was dran.

Jens: Eben. Deswegen denke ich auch, dass es gegen die Natur des Mannes geht, nur eine Frau zu haben. Heutzutage müssen die armen Männer Treue schwören und damit gegen ihre Natur verstoßen.

Also ist Monogamie keine Option?

Jens: Ich finde sie sehr fragwürdig, ja. Und ich werde das Gefühl nicht los, dass Männer auch aus diesem Grund – gegen ihre eigentliche Natur zu leben – nicht offen über ihre sexuellen Wünsche sprechen können.

Aber du kitzelst diese Wünsche bei deinen Massagen quasi heraus?

Jens: Im Prinzip lade ich Männer gern dazu ein, ja. Viele fühlen sich unwohl, wenn sie mit einem anderen Mann über solche Themen sprechen und gern etwas ausprobieren möchten. Ich rede hier übrigens von heterosexuellen Männern.

Woher kommt dieses Unwohlsein?

Jens: Die Gesellschaft vermittelt doch ständig, dass jegliche Handlungen zwischen Männern gleichbedeutend mit Homosexualität sind. Das ist einfach ein riesiges Tabuthema. Und völliger Quatsch.

Wie kommen solche Gespräche zustande?

Jens: Ich habe in den 90ern eine Ausbildung als Tantralehrer gemacht. Ich liebe es zu massieren, ich habe einfach ein Talent dafür. Irgendwann habe ich dann in Internetforen Tantramassagen inklusive Prostatamassagen, also Analmassagen, angeboten. Daraufhin habe ich sehr viele Anfragen bekommen.

Wie sahen die aus?

Jens: Interessanterweise haben mich nur heterosexuelle Männer angeschrieben. Na gut, mit Anfragen von Frauen brauchte ich ja auch nicht zu rechnen, wenn ich die Prostata im Profil so betone. Obwohl ich auch schon Frauen massiert habe. Da kann ich übrigens allen Männern nur den Tipp geben, nicht gleich mit der Tür oder dem Finger ins Haus zu fallen. Frauen mögen es eher sachte, da gibt es viel zu stimulieren und zu massieren, bevor man durch die Eingangstür schreitet. Aber es ist nicht wirklich meine favorisierte Sexualität.

Und auf welchen Typ Mann stehst du selbst eigentlich?

Jens: Das kann ich gar nicht sagen. Es muss kein Adonis sein, meistens sind das übrigens die größten Flachzangen im Bett. Wenn ich ihn – oder selten auch mal eine Sie – sehe, muss einfach was rüberkommen. Wenn ein Knistern in der Luft liegt, sind Äußerlichkeiten nicht mehr so wichtig. Da geht es nur noch um den Moment. Trotzdem ist es so, dass die Masse meiner Sexualpartner fern von Homosexualität ist.

Was vereint die Männer?

Jens: Es sind häufig Freunde und langjährige Wegbegleiter. Witzig war es zum Beispiel gestern, als mich – wir nennen ihn mal – Peter besucht hat. Wir saßen zusammen und haben über seine neue Freundin gesprochen. Der sucht sich aber auch immer Problemfälle aus … Ja, und dann gehen wir zusammen ins Bett.

Und er ist nicht bisexuell?

Jens.: Nein. Ganz sicher nicht.

Hast du eine Theorie, wie es dann dazu kommt?

Jens: Er sagt immer: »Ich fühle mich so wohl bei dir.« Ich glaube, dass er das Gefühl mag, dass es bei mir keine Tabus oder Grenzen gibt. Er könnte über alles mit mir reden und jeden Gedanken und Wunsch aussprechen, ohne dass ich ihn dafür verurteilen würde. Ich glaube, dass viele Männer das in ihrer Beziehung vermissen.

Also denkst du, dass viele Männer nicht mit ihrer Frau reden können?

Jens: Es scheint so, leider. Ich glaube, dass sich Frauen vorschnell eine Meinung bilden, und davon ist ein Mann abgeschreckt, weil er nicht unmännlich sein will.

Dabei sollte es das Wichtigste in einer Partnerschaft sein, dass man miteinander reden kann.

Jens: Eigentlich schon. Aber was meinst du, wie die meisten Frauen reagieren, wenn ihr Partner sagt: »Ich möchte gern, dass du mir mal einen Finger in den Po steckst.«

Ich hatte mal eine Freundin, der genau das passiert ist. Sie saß dann bei mir und hat sich gefragt, ob er vielleicht schwul ist.

Jens: Siehst du. Und das ist völliger Nonsens. Ich habe auch aktive Sportler, die regelmäßig zu mir kommen und zu Hause eine Frau haben.

Apropos Sportler. Es ist doch schon längst überfällig, dass sich Spitzensportler offen zu ihrer Sexualität bekennen. Ich glaube, es gibt nichts Schlimmeres, als ein bekannter Sportler zu sein und sich mit seinem Partner vor Paparazzi verstecken zu müssen. Und ob jemand hetero-, bi- oder homosexuell ist, hat doch rein gar nichts mit der sportlichen Leistung zu tun.

Jens: Die Gesellschaft wäre bereit dafür. Es müssen nur genug machen, damit es nichts Besonderes mehr ist. Es ist an der Zeit.

Fragst du die Männer, was sie sich dabei denken, wenn sie sich von dir massieren lassen oder wie sich damit fühlen?

Jens: Ich vermeide es. Obwohl ich neulich einen fragen wollte, weil wir uns ja heute zu diesem Thema treffen. Aber irgendwie wollte ich es in dem Moment dann doch nicht. Schmunzeln muss ich trotzdem, wenn ich ihn mit seiner Frau treffe und vor meinem inneren Auge für einen kurzen Moment vor mir habe, wie er breitbeinig in meinem Bett liegt.

Sind die Männer denn eher passiv oder aktiv?

Jens: Mehr passiv. Die legen sich hin und wollen bedient werden. Sich fallen lassen und nicht der harte Kerl sein. Ich höre von allen immer wieder dieselben Sprüche, also muss ja was dran sein.

Welche?

Jens: »Was machst du bloß mit mir? Das habe ich noch nie erlebt.«

Das ist aber mal ein Kompliment.

Jens: Ja, na klar. Ich freue mich auch sehr darüber. Und es ist eben kein Einzelfall. Es gibt ja auch einen Unterschied zwischen seelischer und körperlicher Treue. Die Männer sind mit ihrem Herzen ganz bei ihrer Frau zu Hause, aber körperlich fehlt ihnen da einfach etwas. Und ich kann es verstehen, mir ging es auch mal so. Ich war in meiner langjährigen Partnerschaft auch nicht immer körperlich treu, aber seelisch war er mein Zuhause. Da habe ich mich geborgen, aufgehoben und warm gefühlt. Nur manchmal braucht man auch den Sex, die Lust und das Abenteuer außerhalb. Mit wem auch immer. Untreue ist seit eh und je ein Volkssport. Und die Männer, die mich besuchen, die toben sich eben bei mir aus und lieben trotzdem ihr Leben zu Hause und ihre Frau. Davon bin ich felsenfest überzeugt.

Wie oft kommen die Männer zu dir?

Jens: Unterschiedlich. Manche sporadisch, wenige sehr regelmäßig. Bei einem habe ich das Gefühl, dass er das richtig braucht. Der Arsch des Mannes ist in der Heterowelt mit einem richtigen Tabu belegt. Das finde ich so fürchterlich. Mir tun die Männer leid, denn man beraubt sie damit eines Teils ihrer Sexualität.

Woran liegt das?

Jens: Das ist in den Köpfen einfach so drin.

Wie ist es denn, wenn ein Mann die ersten Erfahrungen damit sammelt?

Jens: Aufregung pur. Ich bekomme auf meinem Profil viele Zuschriften, in denen die Männer schreiben, dass sie gern die Empfindungen ihres Hinterns kennenlernen würden. Die Botschaft ist immer dieselbe.

Und was schreibst du dann zurück?

Jens: Ich mache das gern ausführlich, damit die Männer wissen, was sie erwartet. Wenn sie dann kommen, erwartet sie keine Überraschung. Das ist wichtig. Ich schreibe zum Beispiel, dass ich mit einer Massage beginne, sie einlade, sich fallen zu lassen. Und dass es nur geht, wenn sie sich fallen lassen wollen. Ich schreibe, dass ich nichts machen würde, was sie nicht wollen. Es erwartet sie eine angewärmte Liege, warmes Öl und ein langsames Vortasten. Mir ist wichtig, dass alles ganz langsam, liebevoll und menschlich passiert. Spätestens bei der Kopfmassage merke ich, dass die Männer lockerer werden.

Ich kann mir vorstellen, dass viele Männer diesen Gedanken interessant finden.

Jens: Ja, ich bin auch immer wieder überrascht wie viele. Ich höre gerade nach dem ersten Mal oft von den Männern, dass sie solche irren Gefühle noch nicht hatten. »Wahnsinnsorgasmus«.

Kannst du kurz beschreiben, wie sich ein Prostataorgasmus von einem normalen Orgasmus unterscheidet?

Jens: Er ist ganz anders. Länger, um ein vielfaches intensiver, und man muss nicht einmal den Penis berühren. Da fallen viele Männer vom Glauben ab, wenn sie das begreifen. Ihre Sexualität hatte vorher nur mit ihrem Schwanz zu tun. Und dann merken sie, dass das gar nicht der einzige Sex-Mittelpunkt ist. Die Verwunderung ist da enorm.

Die Unwissenheit scheint da noch sehr groß zu sein.

Jens: Ich habe mir schon oft gedacht, dass ich eigentlich Kurse für Frauen anbieten sollte. Unter dem Motto: »Mädels: Macht eure Jungs mal anders glücklich.«

Ist das denn sehr kompliziert?

Jens: Überhaupt nicht. Die Prostata sitzt sehr weit vorn, man muss also mit dem Finger gar nicht so tief in den Anus eindringen, wie es sich viele vielleicht vorstellen. Und sobald die Prostata anschwillt, kann man sie nicht mehr verfehlen.

Ist ja mit dem G-Punkt genauso. Der G-Punkt ist ja eigentlich die weibliche Prostata. In diesen Kurs können wir parallel die Männer schicken.

Jens: Da bin ich ganz bei dir, Jana.

Kommen die Männer denn alle wieder?

Jens: Ja. Die kommen fast ausnahmslos wieder. Aber manchmal passt es eben von meiner Seite nicht. Irgendwann möchte ich ja auch mal was davon haben. Ich bin ja kein Dienstleister. Aber beim ersten Mal sehe ich das richtig als Sport.

Als Herausforderung, den Männern eine neue Erfahrung zu schenken?

Jens: Genau. Und das macht auch mir unglaublichen Spaß. Außerdem weiß ich, dass die Männer lange – wenn nicht sogar ewig – an dieses Erlebnis denken. Und das Vertrauen, das sie mir entgegenbringen, schmeichelt mir immer wieder.

Das liegt vielleicht daran, dass du eine vertrauensvolle Ausstrahlung hast. Haben die Männer nicht trotzdem Angst, dass die eigene Frau es herausfindet?

Jens: Es gab mal einen Mann, bei dem es aufgeflogen ist. Das gab zu Hause anscheinend ein großes Gewitter, und der Kontakt brach sofort ab.

Vielleicht hat sie es sich trotzdem zu Herzen genommen und mit ihm über seine Bedürfnisse geredet.
Jens: Ich hoffe. Aber ich glaube es kaum.

Ich verstehe trotzdem nicht, warum diese Männer nicht das Gespräch mit ihrer eigenen Partnerin suchen. Dann könnten sie die Erfahrung im Schutz der Partnerschaft gemeinsam erleben, und es würde gar nicht so weit kommen, dass es da etwas herauszufinden gibt.
Jens: Vor drei Tagen hatte mich ein Typ Anfang 30 angeschrieben. Er war unterwegs und mit seinem Handy im Netz surfend auf mein Profil gestoßen. Er schrieb, dass er gern noch am gleichen Abend zu mir kommen wollte, am liebsten erst mal nur zum Reden. Das fand ich irgendwie süß. Dann stand er hier schüchtern vor mir und war sichtlich aufgeregt. Nach kurzer Zeit lag er frisch geduscht zum Massieren bereit vor mir, sagte aber noch, dass er diese und jene Tabuzonen hätte. Ich antwortete, dass er sich mal nicht so viele Gedanken machen sollte. Dazu neigen nämlich viele Männer vor ihrer ersten Erfahrung mit mir. Natürlich, es ist ja auch neu und ungewohnt. Aber meine Antwort ist dann immer, dass ich ihn auf eine Reise mitnehme und sich alles ergeben wird. Ohne vorher festgelegten Fahrplan.

Und? Hat es funktioniert?
Jens: Und wie.

Keine Tabuzonen?
Jens: Keine Tabuzonen! Er war völlig perplex, welche geheimen Lustbereiche er eigentlich hat. Er sagte, dass er niemals gedacht hätte, dass ein Mann so etwas bei ihm schafft. Das macht mir einfach Spaß. Und ich glaube, dass viele Männer gern die Erfahrung machen würden, aber selbst nicht wissen wie. Woher auch. Und somit könnten sie das einer Frau gar nicht vermitteln.

Hast du Tipps?

Jens: Ich empfehle, beim Blasen den Sack und den Damm mit einzubinden. Dann wird sie spüren, wie er darauf reagiert. Ganz sachte muss man sich vortasten. Das ist übrigens auf der Zunge nicht so schlimm, wie es in der Vorstellung erscheint. Nur eine Dusche vorab ist selbstredend.

Sonst noch etwas an die Damenwelt?

Jens: Ich finde, dass in jede Nachttischschublade ein Analdildo gehört. Für beide Geschlechter. Wenn die Dame lange Fingernägel hat, ist es nicht so schön für den Mann. Da ist ein zarter Analdildo sehr empfehlenswert.

Anton, 29:

»Bin ich schwul oder was?«

Mit Anton habe ich mich in einem Café auf dem Dorf getroffen. Vorteil: Sehr gemütlich und nicht überfüllt. Nachteil: Viele Ohren. Das hatte den Nebeneffekt, dass nach 20 Minuten Gespräch der Alte-Damen-Tisch neben uns empört aufgesprungen ist und – vor allem für unsere Ohren bestimmt – sagte: »Also, so was! Über solche Sachen spricht man doch nicht. Das ist ja widerlich …«

Willkommen im Jahr 2015.

Hast du schon Erfahrungen mit deiner Prostata gesammelt?

Anton: Nein. Ich bin ja nicht schwul.

Hat dieses Thema für dich nur etwas mit Homosexualität zu tun?

Anton: Klar. Und mit Kaviarspielen irgendwie.

Du veräppelst mich, oder?

Anton: Nein, das meine ich genau so. Der Hintern ist für mich nur für eine Sache da: Ausscheidung.

Der Penis aber auch.
Anton: Hmmmm …

Also findest du nichts Sexuelles an einem Po? Also auch bei Frauen nicht?
Anton: Na ja, bei Frauen ist das irgendwie was anderes. In Pornos ist es ja hinlänglich bekannt, dass Analsex bei Frauen dazugehört. Aber ich empfinde den Po einer Frau als sauberer. Irgendwie. Warum, weiß ich auch nicht. Rational weiß ich, dass da kein Unterschied besteht und er bei beiden Geschlechtern zum Würsteln da ist. Keine Ahnung, warum es so ist.

Hattest du denn schon mal Analsex?
Anton: Nein, ich selbst hatte noch keinen. Bei meinen Freundinnen bisher war das nie ein Thema gewesen. Wir haben da auch nicht drüber gesprochen. Es ist auch komisch, mit dir darüber zu reden, muss ich gestehen.

Es ist ja auch nichts, worüber man täglich und mit jedermann spricht.
Anton: Was denkst du denn darüber?

Ich glaube, dass das Tabu immer noch viel zu groß ist. Und damit meine ich nicht den Po der Frau, sondern den des Mannes. Und das finde ich sehr, sehr schade.
Anton: Aber wenn dein Freund zu dir sagen würde, dass er gern mal einen Dildo im Arsch hätte, würdest du das nicht komisch finden?

Nein. Ich würde es sogar als Vertrauensbeweis ansehen, wenn mein Freund mit mir darüber spricht.
Anton: Da bist du aber bestimmt kein Maßstab.

Du glaubst, dass viele Frauen anders reagieren würden?

Anton: Ja, schon. Ich finde sowieso, dass Frauen sich viel schneller ekeln als Männer. Und da viele Frauen, jedenfalls nach meinen Erfahrungen, selbst keinen Analsex mögen, glaube ich kaum, dass sie lustig im Po der Männer rumspielen wollen.

Hast du denn schon mal gehört, wie sich ein Orgasmus über die Prostata anfühlt?

Anton: Ich kann mir noch nicht mal vorstellen, dass ich über meinen Arsch zum Orgasmus kommen soll. Da habe ich mir natürlich auch noch keine Gedanken darüber gemacht, wie er sich anfühlen würde.

Er soll intensiver und lang anhaltender sein …

Anton: Kann ich mir nicht vorstellen.

Meinst du, dass du mal neugierig darauf werden wirst?

Anton: Man soll ja niemals nie sagen …

*

Mein Fazit: Nur Mut, liebe Männer und Frauen. Ich finde, dass der Po und die damit verbundene Lust des Mannes kein Tabu mehr sein sollten. Aber nur, wenn der Mann es gern erleben möchte. Offen miteinander zu reden ist wie immer das A und O. Keine Partnerschaft wird auf Dauer ein erfülltes Sexualleben haben, wenn über solche Themen nicht gesprochen werden kann. Mit welchem Ausgang auch immer. Wenn Sie jetzt denken: »Da haben wir früher schon mal drüber gesprochen und ich kenne seine Meinung …«, möchte ich anmerken, dass sich die Interessen und Lustempfindungen ändern können. Oder mögen Sie selbst im Bett noch genau dasselbe wie mit 20 Jahren? Eben!

Sex-Kodex: No-Gos

Forscher haben herausgefunden, dass die Menschen im Durchschnitt 1,5 Mal Sex in der Woche haben.[1] Das bedeutet, dass wir knapp 80 Mal pro Jahr mit unserem Partner oder sonst wem intim werden. Da gibt es natürlich einige Fettnäpfchen, in die wir tappen können. Doch in welche Fettnäpfchen treten Frauen nach Meinung der Männer besonders oft? Oder was wünschen sich die Männer vielleicht viel öfter von Frauen? Und was geht zum Beispiel gar nicht? Was sollten Frauen anders machen? Zu diesem Thema habe ich einen Mann befragt, der dazu eine ganz klare Meinung hat. Folgen Sie mir in ein breit gefächertes Gespräch über Sex, No-Gos und Sex unter Arbeitskollegen.

Ron, 38:
»Sex unter Arbeitskollegen wird früher oder später immer zum Problem.«

Ich muss auch dich noch unbedingt fragen, wie viel Prozent der Frauen in deinem Leben bisher einen guten Blowjob beherrschten?

Ron: Fünf Prozent wäre etwas wenig, denke ich. 20 Prozent sicher etwas zu viel. Jetzt muss ich mal überlegen, wie viele Frauen es wirklich einprägsam für mich gemacht haben. Ich schätze, 15 Prozent wäre in meinem Fall zutreffend.

1 *www.focus.de/wissen/natur/sexforschung-wieviel-sex-braucht-der-mensch_aid_187457.html (5. März 2015)*

Was haben die anderen 85 Prozent falsch gemacht?

Ron: Viele Frauen denken, dass es einfach dazugehört. Das spürt ein Mann natürlich, denn da ist dann keine echte Leidenschaft zu spüren. Dann kann sie es eigentlich auch gleich sein lassen.

Meinst du wirklich, dass die Frauen es nur dem Mann zuliebe machen?

Ron: Ja. Sie denken, dass es vom ihnen erwartet wird.

Gehört es denn für dich persönlich zu einem guten Vorspiel dazu?

Ron: Nicht unbedingt, nein. Ein Mann hat auch viele andere erogene Zonen. Und ich finde es ziemlich nervig, dass alle Frauen denken, dass sich die ganze Sexualität nur um unser Ding dreht.

Tut es das denn nicht, nein?

Ron: Nein. Natürlich spielt sich dort viel ab, vielleicht 80 Prozent, aber eben auch nicht alles. Und genau diese 20 Prozent entscheiden oft über gut oder eben nicht so gut. Sie sind sehr wichtig, auch wenn 20 Prozent nicht sehr viel klingen. Bei uns Männern spielt sich viel im Kopf ab, auch wenn man das nicht unbedingt denkt.

Nein, das stimmt. Das denkt man wirklich nicht … Der Ruf, kopflastig zu sein, hängt eher uns Frauen an.

Ron: Genau. Es ist zum Beispiel weit verbreitet, dass vor allem Frauen ein ausgedehntes Vorspiel lieben. Bei mir ist dem aber nicht so, ich brauche es genauso, um in die richtige Stimmung zu kommen. Bei mir reicht es eben nicht, einfach nur ein paar Brüste zu sehen.

Hältst du dich da eher für die Ausnahme?

Ron: Nein, das denke ich nicht. Viele Männer, mit denen ich darüber spreche, sehen das ganz ähnlich. Es ist auch immer ein großer Unterschied, ob man mit einer Frau das erste Mal Sex hat und noch alles entdecken muss. Da ist das Fettnäpfchen natürlich nicht sehr weit.

Wie meinst du das?

Ron: Na die Chance, etwas zu machen, was so gar nicht ihren Geschmack trifft, ist natürlich sehr groß. Und umgekehrt genauso. Und wenn eine Frau nicht frei im Kopf ist, spüre ich das sofort. Selbstzweifel an der eigenen Figur allem voraus. Das finde ich ganz, ganz, ganz fürchterlich. Das turnt mich total ab. Dann wird es kein weiteres Schäferstündchen geben.

Wie oft kommt es denn vor, dass du das Gefühl hast, dass eine Frau nicht frei im Kopf ist?

Ron: Für meinen Geschmack viel zu oft. Bei manchen Frauen klappt es innerhalb des ersten Mals, ihnen das Gefühl zu geben, dass es völlig unnötig ist, genau in diesem Moment über ihre Makel nachzudenken. Dann wird es meistens auch schnell besser. Aber bei manchen klappt es eben gar nicht. Grundsätzlich möchte ich aber gern mal sagen: Ich als Mann habe nur guten Sex, wenn die Frau es genießt.

Was ist denn die größte Angst der Männer beim ersten Mal? Sind Männer nicht auch mal gehemmter?

Ron: Ja, na klar. Der Klassiker: der zu frühe Orgasmus. Davor haben Männer besonders Angst.

Obwohl wir Frauen das eher als Kompliment aufnehmen. Dann fühlen wir uns begehrt, sexy, heiß.

Ron: Je jünger der Mann, desto größer ist das Problem natürlich. Genau in diesem jungen Alter möchte man bei einem Mädchen natürlich seinen Mann stehen. Da liegt es auch an ihr, ihm das Gefühl zu geben, dass es halb so wild ist. Je älter man als Mann wird, desto besser hat man das im Griff. Über die Jahre hinweg ist man auch nicht mehr ganz so aufgeregt wie noch zu Beginn. Logisch.

Stimmt es, dass ihr dann kurz an die Brüste der Oma denkt?
Ron: Oma reicht schon.

Da fällt mir gerade noch eine andere Frage ein: Stimmt es denn, dass der Verstand im Arsch ist, wenn das Ding steht?
Ron: Ja!

Was ist deiner Meinung nach immer wieder der allergrößte Fehler, den Frauen im Bett machen?
Ron: Sie sind nicht ehrlich zu sich selbst und damit meistens auch nicht zu uns Männern.

Was genau meinst du damit?
Ron: Frauen reden immer wieder durch die Blume, das ist für uns Männer extrem verwirrend.

Wir nennen die Dinge also zu selten beim Namen?
Ron: Ganz genau! Vor allem beim Sex!

Kannst du mir ein Beispiel geben?
Ron: Klar. Wenn eine Frau etwas nicht mag, sollte sie halt kein gekünsteltes Stöhnen vorspielen. Dann sollte sie mit Worten/Händen/Körpersprache zeigen, wie sie es gern hätte. Oder auf etwas anderes umlenken. Ich glaube, dass mit einer unkomplizierteren Kommunikation zwischen den Geschlechtern viele Probleme gelöst werden könnten. Und man sollte Kritik nicht immer nur negativ sehen, sondern auch als Chance.

Nächste Frage: Schlank oder eher weiblich?
Ron: Also das ist ein Thema, bei dem sich die Meinung über die

Jahre ändert. In den Zwanzigern möchte man gern eine Freundin haben, um die einen jeder beneidet. Sie sollte eigentlich aussehen wie ein Model. Irgendwann merkt man aber, so war es jedenfalls bei mir, dass die Frauen meist die kompliziertesten sind.

Kompliziert?

Ron: Ja, ein Beispiel: Was habe ich denn von einer Frau, die toll aussieht, megaschlank ist und ohne Ende eitel, wenn ich mit ihr nie in Ruhe essen kann, weil sie an allem rummäkelt und ihr die Hälfte der Lebensmittel nicht in den Kram passt. Ich habe auch keine Lust, nicht mal spontan vor die Tür gehen zu können, ohne dass sie vorher zwei oder drei Stunden im Bad war. Das ist mir für eine Beziehung viel zu anstrengend, und das lernt man halt auch erst nach ein paar solcher Frauen. Außerdem mag ich sinnliche Frauen, und sinnliche Frauen sind halt selten Püppchen.

Das hast du aber schön auf den Punkt gebracht.

Ron: Meistens sind sehr eitle und disziplinierte Frauen auch schlechter gelaunt. So sind jedenfalls meine Erfahrungen. Ich finde eine Frau toll, die morgens nach dem Aufstehen einfach einen Haargummi in die Haare macht, eine Schlabberhose anzieht, ihre Lieblingsmusik anmacht und tanzend das Frühstück zubereitet. Das ist gute Laune. Und eine Frau, die erst mal stundenlang im Bad steht und sich ihrer Meinung nach »anschaulich« macht, finde ich lahm. Außerdem haben schöne Frauen das auch gar nicht nötig. Und schön, damit meine ich nicht Perfektion, sondern Ausstrahlung und Natürlichkeit.

Ich denke, dass viele Frauen denken, dass sie in einer Jogginghose unsexy sind …

Ron: Nein, absolut nicht. Außerdem hat es auch viel mehr Besonderheit, wenn eine Frau sich dann für mich so richtig hübsch macht, als wenn sie es jeden Tag tun würde.

Da brennt mir noch eine ganz andere Frage auf der Seele: Sex unter Arbeitskollegen. Hast du da schon Erfahrungen gesammelt?

Ron: Eigentlich ist es ein Tabu für mich, aber leider machen Tabus sehr oft auch den Reiz aus.

Sprich, du hattest schon mal etwas mit einer Arbeitskollegin?

Ron: Ja. Es war so, dass ich schon länger in der Firma war und sie neu eingestellt wurde. Dadurch, dass sie neu war, war sie schüchtern und ruhig. Da kommt immer mein Beschützerinstinkt herausgekrabbelt. Da habe ich mich ihrer dann ein bisschen angenommen.

Hat sie denn schon von Anfang an in dein Beuteschema gepasst?

Ron: Na ja, sie war schon eine kleine Süße. Blond, schlank und niedlich. Und dadurch, dass wir gleich relativ viel Kontakt in der Firma hatten, kamen wir uns nach und nach auch immer näher. Wir haben beide schon relativ schnell gemerkt, dass die Sympathie auch auf Gegenseitigkeit beruht. Wie der Zufall so wollte, waren wir dann beide auch noch Single. Dann hatten wir beide auch noch eine Fahrgemeinschaft gebildet, weil wir aus der gleichen Richtung kamen. Und obwohl wir es beide nicht darauf angelegt haben, hat sich dann doch mehr daraus entwickelt.

... »reingerutscht« also?

Ron: Irgendwie schon. Problem war auch, dass der Reiz sehr, sehr groß war für mich. Aber als wir dann das erste Schäferstündchen hatten, war das gar nicht mehr so. Es blieb anfangs also nur bei einem einmaligen Abenteuer.

Und wie habt ihr euch dann auf der Arbeit verhalten?

Ron: Wir hatten ganz normal weiter unsere Fahrgemeinschaft und waren sonst auch unauffällig. Doch dann wurde es etwas kompliziert, denn sie wollte die Nacht gern wiederholen. Und ich war mir nicht sicher, ob ich das auch wollte. Doch die Versuchung war zu groß, und es wurde schnell regelmäßiger. Mir wurde mit jedem Mal aber bewusster, das aus uns nichts Ernsteres werden kann.

Und wie hast du dich da verhalten?

Ron: Ungünstig war, dass wir weiterhin Sex hatten, obwohl ich schon wusste, dass für mich nichts Engeres infrage kam.

»Ungünstig« ist gut ausgedrückt.

Ron: Und auf der Arbeit war es so, dass die Kollegen schon zunehmend was vermutet haben.

Wie hast du das bemerkt?

Ron: Von einigen Kollegen kamen dann schon die ersten Sprüche: »Nach eurer Fahrgemeinschaft bleibst du doch bestimmt noch bei ihr, oder?« Die Blicke wurden auch immer eindeutiger, woran vor allem diese aufmerksamen Frauen in unserer Firma keinen Zweifel mehr ließen. Richtig blöd war's erst, als sie rumerzählte, dass wir eine Beziehung haben.

Und wie hast du dann reagiert?

Ron: Ich hatte erst gehofft, dass sie es so merkt. Weil ich doch nicht so oft bei ihr war, wie sie es gerne wollte. Doch irgendwann musste ich ein deutlicheres Gespräch mit ihr führen, auch, weil ich merkte, dass sie anfing zu leiden. Am Anfang hatte sie die Deutlichkeit meiner Worte noch nicht ganz verstanden, denn sie machte mir Vorhaltungen, wenn ich mit einer anderen Kollegin sprach. Ihre Eifersucht war echt anstrengend.

Wie groß war eure Firma?

Ron: Unsere Abteilung hatte ungefähr 40 Mitarbeiter.

Gut, da bekommt man natürlich untereinander einiges mit.
Ron: Ja. Das Getratsche wurde immer schlimmer, und sie hielt bei unseren Kollegen auch nicht mehr hinterm Berg damit, was ich für ein Mistkerl bin.

Und wie hast du darauf reagiert?
Ron: Ich habe versucht, mich so wenig wie möglich dazu zu äußern. Nur bei den Personen, die mir am Herzen lagen, habe ich meine Version der Dinge erzählt. Irgendwann beruhigte sich die Situation wieder, und ich war froh, dass diese turbulente Zeit hinter mir lag.

Würdest du es wieder genauso machen, oder sagst du, dass du dir diese ganze Situation auch hättest sparen können?
Ron: Schwierig. Eigentlich hatten wir auch wirklich schöne Momente zusammen. Dieser ganze Stress im Nachgang hätte natürlich nicht sein müssen. Es tut mir auch leid, dass ich ihre Gefühle verletzt habe. Das war nicht meine Absicht, das ist halt einfach so passiert. Es war ja auch nicht so, dass ich das von Anfang an nur als Affäre geplant hatte. Ich war schon für eine Beziehung offen, aber manchmal stellt man eben fest, dass es doch nicht passt.

Was würdest du denn jetzt jemandem raten, der am Anfang eines Techtelmechtels mit einem Kollegen steht? Würdest du grundsätzlich abraten?
Ron: Ich kenne Paare, die sich auf der Arbeit kennengelernt haben und auch heute noch zusammen sind, Kinder haben, verheiratet sind. So kann es also auch gehen. Ich denke, wenn Männer und Frauen miteinander arbeiten, kann so was immer passieren.

Klar, Partnerschaften können überall entstehen. Natürlich auch am Arbeitsplatz. Aber wenn man nur auf der Suche nach einem Abenteuer ist?
Ron: Dann würde ich das grundsätzlich vom Arbeitsplatz fernhal-

ten. Einfach schon aufgrund der Thematik, dass man sich am Arbeitsplatz nicht aus dem Weg gehen kann. Und jede Affäre hat mal ein Ende. Und ob man sich dann noch täglich sehen möchte, ist die ganz andere Frage. Obwohl es da auch wieder Ausnahmen gibt. Auch in meiner Firma ist es so, dass man genau weiß, dass speziell nach Weihnachtsfeiern das ein oder andere Schäferstündchen stattgefunden hat. Trotzdem gab es nie Probleme auf der Arbeit, weil alle Beteiligten wissen, dass sie einen Partner zu Hause haben und niemand so was ernsthaft gefährden möchte. Soll es also auch geben.

Hast du dich aus so was immer herausgehalten?

Ron: Klar! Ich bin nicht in der Position, einem Partner – selbst wenn man ihn kennt – das Fremdgehen seines Partners zu stecken. Das muss schon jeder für sich selbst entscheiden.

Glaubst du, dass Sex unter Kollegen auch öfter vorkommt, als man denkt?

Ron: Absolut! Wir hatten zum Beispiel mal einen Chef aus einer anderen Abteilung, der dafür bekannt war, Abenteuer im Mitarbeiterkreis zu suchen. Er näherte sich dann einer Kollegin aus meiner Abteilung an, die er auch ganz schnell eroberte. Alle in unserer Abteilung waren sich einig, dass das kein gutes Ende nehmen würde. Vor allem für sie. Schnell war klar, dass sie mehr wollte und er eben nicht. Und es kam auch so, wie wir alle befürchteten, dass sie irgendwann weinend an ihrem Arbeitsplatz saß.

In den beiden Fällen, von denen du mir gerade erzählt hast, waren aber immer die Frauen die Leidtragenden. Erkenne ich da eine Tendenz?

Ron: Ich finde schon. Meine Erfahrung ist, dass Frauen viel emotionaler sind. Eben auch in diesen Themen. Männer können das viel schneller hinter sich lassen und damit unkomplizierter abschließen.

Und deine größten Sex-Don'ts der Frauen?
Ron: Unnatürlichkeit. Vortäuschen. Unnötige Dramatik.

Danke

Ein ganzes Buch schreibt sich leichter von der Hand als eine Danksagung. Ich möchte gern die richtigen Worte finden für die Menschen, die mich tagtäglich so sehr unterstützen. Das ist manchmal gar nicht so einfach.

Allen voran danke ich meiner Familie, insbesondere meinen Eltern und meinen zwei Lieben zu Hause. Ich kann es gar nicht oft genug sagen, aber ihr macht mit eurer Liebe jeden Tag noch viel schöner. Ihr wisst, wie verbunden ich euch dafür bin! Ohne euch würde ich die Kraft und den Elan für meine Arbeit nicht haben. Danke! Aus tiefstem Herzen.

Meinem Verleger, Anne und dem ganzen Verlagsteam danke ich für die unglaubliche Unterstützung. Auch bei meinem fünften Buch kann ich mein Glück mit euch noch immer nicht fassen. Fabelhaft. Danke.

Den lieben Männern, die tapfer meine bohrenden Fragen beantwortet haben, gilt für dieses Buch mein ganz besonderer Dank. Es hat mir unheimlich viel Spaß gemacht, und durch euch habe ich viel gelernt. Die männlichen Gedanken sind für mich keine Nordschleife mehr, die ich mit einem kaputten Roller durchlaufen muss. Vielen Dank für eure Offenheit und die unverblümte Ehrlichkeit. Ich weiß, dass das nicht selbstverständlich war.

Ingo, seit über einem Jahr bist du mit Kreativität und viel Herz an meiner Seite. Auch bei diesem Buch hast du mich mehr als einmal inspiriert. Ich bin mir sicher, dass diese Quelle noch lange nicht versiegt ist.

Bei all meinen Freunden möchte ich mich bedanken, dass ihr meine plötzlichen und manchmal unerwarteten Gedankengänge, die ich dann ungefragt kundtue, ertragen habt. Ihr seid toll. Alle. Danke.

Zu guter Letzt bedanke ich mich herzlich bei meinen Lesern. Keine Autorin schreibt gern so intensiv an einem Buch, damit es danach nur wenige zu Gesicht bekommen. Ich möchte unterhalten, berühren, amüsieren und informieren. Zum Stirnrunzeln anregen und erfreuen. Ich hoffe, es ist mir gelungen.

LUST & LIEBE

EIN GENTLEMAN GENIESST ... UND ERZÄHLT

AUSSERGEWÖHNLICHE VORLIEBEN UND KOSTSPIELIGE ÜBERRASCHUNGEN – 33 MÄNNER GEBEN IHRE AUFREGENDSTEN ONE-NIGHT-STAND-ERLEBNISSE PREIS

EIN GENTLEMAN GENIESST ... UND ERZÄHLT
33 MÄNNER ERZÄHLEN VON VERRÜCKTEN, MISSGLÜCKTEN, ABENTEUERLICHEN UND HOCHEROTISCHEN ONE-NIGHT-STANDS
Von Jana Förster
256 Seiten, Taschenbuch
ISBN 978-3-86265-370-6 | Preis 9,95 €

»Wie reden Männer über Sex? Für ihr aktuelles Buch EIN GENTLEMAN GENIESST ... UND ERZÄHLT spielte Jana Förster Mäuschen und machte sich auf die Suche nach besonderen One-Night-Stands – erzählt aus Herrensicht. Die einzelnen Kapitel sind kurzweilig, manchmal verrückt, manchmal zuckersüß, manchmal undenkbar und genau deswegen so lesenswert.« *freundin.de*

»Ein prickelndes Lesevergnügen – für Männer und Frauen.« *Beate Uhse Magazin*

»Ein Gentlemen genießt und schweigt – normalerweise. Für Jana Förster haben 33 Männer diesen Grundsatz über Bord geworfen und Beichte abgelegt. Zusammengekommen sind lustige, überraschende und herrlich peinliche Geschichten.« *Wochenspiegel*

WWW.SCHWARZKOPF-SCHWARZKOPF.DE

JANA FÖRSTER widmet sich seit vielen Jahren mit einer gesunden Portion Augenzwinkern dem großen Thema Sex. Als (S)Expertin und Kolumnistin auf diesem Gebiet ist sie gefragter denn je. Jana Förster ist Anfang 30 und lebt mit ihrer Familie am Berliner Stadtrand. Ihre Bücher AUSZGEZOGEN, NACKTE FRAU AN BORD, FUCK ME NOW AND LOVE ME LATER und EIN GENTLEMAN GENIESST ... UND ERZÄHLT sind ebenfalls bei Schwarzkopf & Schwarzkopf erschienen.

Jana Förster
LET'S TALK ABOUT SEX
Der Sex-Ratgeber für Frauen, die schon immer die geheimen Gedanken der Männer erfahren wollten

ISBN 978-3-86265-466-6

Illustrationen im Innenteil: © Lyudmyla Kharlamova, © ComicVector703 / shutterstock.com | Autorenfoto: © Stefanie Brandenburg | Coverfoto: LuminaStock/thinkstock.de

KATALOG
Wir senden Ihnen gern kostenlos unseren Katalog.
Schwarzkopf & Schwarzkopf Verlag GmbH
Kastanienallee 32, 10435 Berlin
Telefon: 030 – 44 33 63 00
Fax: 030 – 44 33 63 044

INTERNET | E-MAIL
www.schwarzkopf-schwarzkopf.de
info@schwarzkopf-schwarzkopf.de

LET'S TALK ABOUT SEX